D.G. Ambronn

# *Ein Reigen*
## *– Erzählungen und Kurzgeschichten*

Bibliografische Information der Deutschen Nationalbibliothek:
Die Deutsche Nationalbibliothek verzeichnet diese Publikation in
der Deutschen Nationalbibliografie; detaillierte bibliografische
Daten sind im Internet über http://dnb.dnb.de abrufbar.

© 2022 D.G. Ambronn

Herstellung und Verlag: BoD – Books on Demand, Norderstedt

ISBN: 978-3-7568-5906-1

# INHALT



## ANHANG

*Mein besonderer Dank gilt Sabine Winkler für ihre Unterstützung und Ermutigung und Ralph Gessert, der nicht nur dieses Mal, sondern bei der Entstehung all meiner Bücher mit dem kritischen Blick des Experten mitgelesen hat, wenn es um die See ging und alles, was darauf schwimmt.*

# Die Fabel vom Habicht
# und der Nachtigall
## (frei nach Hesiod)

Angelockt vom lauten Gesang erspähte der Habicht die Nachtigall im Wipfel eines Baumes, schnellte hinab, packte sie mit seinen Krallen und erhob sich dann mitsamt seiner Beute wieder in die Höhe.

Die Nachtigall beklagte verzweifelt ihr Schicksal und bat den Habicht um Gnade.

„Bedenke doch nur, was für eine schöne Stimme ich habe. Sogar Könige vermochte ich mit meinem Gesang zu erfreuen."

„Wir haben keine Könige mehr. Heute sind alle gleich, und nicht mehr die Könige entscheiden, was schön ist und was nicht. Das entscheide jetzt ich."

„Aber warum gerade du?"

„Spürst du nicht warum?" Und der Habicht drückte der armen kleinen Nachtigall seine scharfen Klauen noch tiefer ins Fleisch. Sie stöhnte auf vor Schmerz.

„Deine Kunst bedeutet mir nichts, für mich taugst du gerade noch als kleiner Leckerbissen. Vielleicht mundest du ja, wie du zu singen meinst."

Die Nachtigall wollte noch ein letztes Mal ihr Lied erklingen lassen, aber der Habicht presste das verbliebene bisschen Leben aus ihr heraus, und sie verschied ohne einen Ton.

# Salito und die Marktfrau vom Campo de' Fiori

### oder
### Kommissar Jörgensen macht Urlaub

„Schade", meinte Sabrina. „Signora Lelli ist nicht da. Ich hatte mich so darauf gefreut, sie wiederzusehen. Genau hier ist ihr Stand gewesen. Ich frage mal den jungen Mann da."

Jörgensen verfolgte bewundernd, wie selbstverständlich seine Frau sich mit dem Gemüsehändler auf Italienisch unterhielt. Er selbst besaß lediglich halbwegs brauchbare Englischkenntnisse und die zu erwerben, war für ihn eine ziemliche Quälerei gewesen. Warum sich allerdings Sabrina so für diese Signora Lelli interessierte, war ihm ein Rätsel, aber, sagte er sich, sie waren im Urlaub und da durfte jeder seinen Launen die Zügel schießen lassen. Wozu war Urlaub denn sonst da?

„Er sagt, Signora Lelli hat sich vor einem Jahr zur Ruhe gesetzt. Er ist ihr schon früher zur Hand gegangen und hat dann ihren Stand übernommen. Aber sie lebt immer noch hier im Viertel, sagt er, und kauft auch noch regelmäßig auf dem Campo de' Fiori ein."

„Was du nicht sagst, Schatz."

„Er hat mir erzählt, wo genau sie wohnt. Es ist nicht weit von hier. Nur ein Katzensprung. Warum trinkst du nicht da drüben in dem Café einen Cappuccino, während ich ganz kurz mal zu ihr hingehe und mich mit ihr verabrede?"

„Wenn du meinst, Schatz."

Im Nu hastete Sabrina davon.

Wie eine belagernde Armee umringten die Stühle und Tische der Restaurants, Bars und Cafés die Stände auf Roms berühmtem Blumenmarkt, auf dem heutzutage aber kaum noch Blumen angeboten wurden.

Jörgensen wählte einen Platz im Schatten. Auch früh am Vormittag war es jetzt im Hochsommer schon recht unangenehm, längere Zeit in der prallen Sonne sitzen zu müssen. Als der Cappuccino kam, stellte er fest, dass er nicht wirklich heiß war. Dennoch nahm nur dann und wann einen kleinen Schluck, denn er hoffte, Sabrina würde zurück sein, bevor er die Tasse geleert hatte.

Er vertrieb sich die Zeit, indem er mit der einem Polizisten eigenen Beobachtungsgabe das Geschehen auf dem Campo verfolgte. Er hatte schnell erkannt, dass hier zwei Welten existierten und das völlig unabhängig voneinander. Da waren zum einen die Obst- und Gemüsestände und zum anderen jene, die kitschig bunte Nudeln, winzige Fläschchen mit Öl, Essig oder Likör, Risottofertigmischungen und dergleichen Schnickschnack anboten. Beide hatten ihre Kunden. Bei den einen, den Obst- und Gemüsehändlern, kauften die Menschen aus dem Viertel, die von den Verkäufern oft mit *ciao* oder *salve* und Vornamen begrüßt wurden. Dann waren da die

Händler, die es auf die Touristen abgesehen hatten, fremdländisch aussehende Leute zumeist, die die Passanten mit einem höflich unbeholfenen *buon giorno* anredeten. Jörgensens scharfem Blick entging nicht, dass diese Händler in Augenblicken, in denen sie sich unbeobachtet glaubten, manchmal traurig dreinschauten, so als würden sie sich an ihre Heimat zurückerinnern, aus der irgendeine Notlage sie vertrieben hatte. Was Jörgensen beeindruckte, war, dass alle Händler problemlos erkannten, welche Kunden zu wem gehörten. Nie versuchte jemand, einem Einheimischen irgendwelchen Firlefanz anzudrehen, und verweilte einmal ein Tourist an einem Gemüsestand, um dort etwas zu kaufen, so wurde er ignoriert, bis er entweder lautstark auf sich aufmerksam machte oder frustriert weiterging.

Jörgensen hatte bereits einen zweiten Cappuccino geleert, als er Sabrina endlich in der Ferne auftauchen sah. Sie redete erst noch eine Weile mit Signora Lellis Nachfolger, dann kam sie zum Café herüber.

„Tut mir leid, dass es doch etwas länger gedauert hat", sagte sie, als sie sich neben Jörgensen auf einen Stuhl fallen ließ, und fuhr sogleich aufgeregt fort: „Stell dir vor, Signora Lelli ist fortgezogen. Das hat mir jedenfalls ein Nachbar erzählt."

„Ist das denn so wichtig, Schatz?"

„Du hast sie nicht kennengelernt. So eine nette Frau. Wir waren damals fast jeden Tag an ihrem Stand und haben ein bisschen Obst gekauft. Sie hatte Katinka so richtig ins Herz geschlossen. Du weißt ja, die Italienerinnen und ihre Liebe zu den Bambini."

„Aber das ist doch inzwischen Jahre her. Na ja, und nun ist sie halt weggezogen. So ist das Leben."

„Aber hör mir doch erst mal zu!", wischte sie seinen Einwand beiseite. „Als ich es ihm, ich meine dem Gemüsehändler, erzählte, wollte er es nicht glauben. Er meinte, Sie würde nie von hier wegziehen. Schon allein wegen der Katzen nicht."

Mit einer gewissen Ratlosigkeit registrierte Jörgensen, dass sie überzeugt war, ein unschlagbares Argument ins Feld geführt zu haben.

„Welche Katzen denn?", fragte er vorsichtig.

„*I gatti di Roma!* Die Katzen von Rom. Nicht weit von hier ist doch Roms berühmtes Asyl für herrenlose Katzen. Auf dem Largo di Torre Argentina."

Jörgensen konnte sich nicht erinnern, schon einmal davon gehört zu haben.

„Signora Lelli gehört zu den Freiwilligen, die sich dort um die Katzen kümmern. Oder gehörte." Sie sah auf ihre Uhr. „Es ist schon fast Mittagszeit. Lass uns da drüben im *La Carbonara* etwas essen. Und dann schauen wir auf dem Largo Argentina vorbei. Nachmittags sind immer ein paar von den Freiwilligen da, sagt der Gemüsehändler. Vielleicht erfahren wir von ihnen etwas über Signora Lelli."

Sabrinas Vorschlag nahm Jörgensen gerne an. Wider besseres Wissen hatte er sich heute Morgen von ihr überreden lassen, zum Frühstück nur auf einen Cappuccino und ein Cornetto in eine Bar um die Ecke zu gehen und war jetzt entsprechend hungrig. Na ja, und ein kleiner Verdauungsspaziergang danach würde sicher auch nicht verkehrt sein. Und wenn sich Sabrina so für diese Frau interessierte ... das an sich war ja noch kein Beinbruch. Solange er regelmäßig gut zu essen bekam, sollte sie ihren Spaß haben, und das Essen im *La Carbonara* war tatsächlich nicht schlecht. Sein *Saltimbocca alla Romana* war lecker. Er warf einen skeptischen Blick auf das frittierte Hirn vom Lamm, für das Sabrina sich entschieden hatte, und hoffte, dass sie seine Gedanken nicht würde lesen können.

„Römer essen gerne Innereien", erklärte sie beiläufig.

„Was du nicht sagst, Schatz."

„Und du bist froh, dass du kein Römer bist. Stimmt's?"

Sie konnte sie also doch lesen, seine Gedanken, stellte er wieder einmal ohne große Überraschung fest. Er grinste wie ein Junge, der bei einem Streich ertappt worden ist, und widmete sich wieder seinen Kalbsschnitzelchen.

Der Rechnung entnahm er, dass offensichtlich auch der Blick auf den Campo de' Fiori in die Preisgestaltung eingeflossen war, obwohl der für sie gar nichts Besonderes war, denn sie wohnten ja im selben Haus über dem *La Carbonara*. Im Übrigen, sagte sich Jörgensen, immer nur auswärts essen war sowieso nicht drin – sie hatten schließlich eine Tochter, die studierte! –, und da sie sich gegen ein Hotel und für eine Ferienwohnung inklusive eigener Küche entschieden hatten, mussten sie selbstverständlich dort auch hin und wieder ihr Essen selber kochen.

Nach dem Kaffee drängte Sabrina zum Aufbruch. Sie überquerten den Campo und schlenderten dann eine belebte Gasse entlang Richtung Largo Argentina, wie die Römer den Largo di Torre Argentina der Einfachheit halber nennen.

„Du bist mir nicht böse, weil ich unbedingt rausbekommen will, was mit Signora Lelli los ist?"

„Aber nein, Schatz. Wenn es für dich wichtig ist ..."

Sie hakte sich bei ihm ein, und einen Moment lang berührte ihr Kopf seine Schulter.

„Das ist alles so ... so komisch. Wenn du Signora Lelli kennengelernt hättest ..."

Wie bei den meisten Altertümer in Rom lag auch die Ausgrabungsstätte mit den Ruinen der drei Tempel aus republikanischer Zeit, die den größten Teil des Largo Argentina einnahmen, deutlich tiefer als das moderne Rom, und da der Bereich nicht betreten werden durfte, lebten die herrenlosen Katzen dort mitten im geschäftigen und lauten Rom ungestört in einer eigenen kleinen Welt, bestaunt von den Menschen, die über die Brüstung hinweg neugierig zu ihnen herab spähten und sich über jede Katze freuten, die sie zwischen den Trümmern und dem Gestrüpp ausfindig machen konnten.

Sabrina steuerte ohne Zögern auf ein offenstehendes kleines Tor an einer Seite des Platzes zu, wo eine Treppe hinunter zu den Räumen der Katzenfreunde führte. Unten angelangt betraten sie einen niedrigen Raum, der fast vollständig von Käfigen umsäumt war, reihenweise nebeneinander und übereinander. Jörgensen stellte erleichtert fest, dass sie fast alle leer waren. Nur in einem saß reglos eine kleine schwarze Katze und starrte ihn an.

Eine grauhaarige Frau, wohl in den Fünfzigern, kam auf sie zugeschossen und redete wie selbstverständlich in englischer Sprache auf Sabrina ein. Also auch hier erkannte man Touristen auf den ersten Blick.

„Ah, lassen Sie mich raten", sprudelte es aus der Frau hervor. „Sie sind eine Katzenliebhaberin und möchten unser Projekt hier gerne unterstützen. Habe ich recht? Ja, es ist ein Unterfangen, das von uns nicht nur viel Liebe zu diesen armen Kreaturen verlangt, und viel Arbeit selbstredend auch. Nein, es erfordert auch erhebliche finanzielle Mittel. Da ist ja nicht nur das Futter für die Tiere. Nein, wenn es nur das wäre. Alle Katzen hier im Largo Argentina sind geimpft und kastriert. Das ist kostspielig. Wussten Sie das schon? Ja, so ist es tatsächlich. Und jetzt fragen Sie sich sicher, was Sie tun können, um uns zu helfen, nicht wahr?"

„Nein, ich komme eigentlich wegen Signora Lelli. Sie kennen sie?"

Für einen Moment war die Grauhaarige aus dem Konzept gebracht.

„Ja, natürlich kenne ich Signora Lelli. Hat sie Sie auf unsere so wichtige Arbeit aufmerksam gemacht? Und jetzt sind Sie gekommen, um zu helfen. Wie schön. Erzählen Sie, wie geht es ihr denn? Wir vermissen sie sehr."

„Sie verstehen nicht. Ich wollte Signora Lelli besuchen und habe erfahren, dass sie von hier weggezogen ist, aber man konnte mir nicht sagen, wohin. Ich hatte gehofft, dass man mir hier weiterhelfen könnte."

Die Dame schüttelte bedauernd den Kopf. „Wir wissen auch nichts und sind völlig ratlos. Und traurig. Sie war so eine große Hilfe für unser Projekt. Unersetzlich. Und dann war sie eines Tages fort. Weggegangen, ohne sich zu verabschieden. Einfach so.“

„Sie hatte sicher viel Zeit, um hier zu helfen, nachdem sie ihren Stand auf dem Markt aufgegeben hatte.“

„Sicher auch das. Aber wie ich schon sagte, das alles hier kostet eine Menge Geld, und Signora Lelli war sehr großzügig.“

„Dann waren ihre finanziellen Möglichkeiten im Ruhestand vielleicht nicht mehr so groß“, mutmaßte Sabrina vielsagend.

Die Dame wiegte ihren Kopf zweifelnd hin und her. „Ihr Mann, der leider schon vor vielen Jahren, zwanzig oder so, verstorben ist, hatte eine gut gehende Schlachterei drüben in Trastevere. Die gibt es übrigens immer noch. Erst hat sein Bruder und dann dessen Sohn sie weitergeführt. Also, was ich eigentlich sagen wollte, finanziell ging es ihr sicher nicht schlecht.“

Sabrina schien die Hoffnung zu verlieren, hier etwas erfahren zu können.

„Ich will Ihre Zeit nicht weiter in Anspruch nehmen. Sie haben sicher noch viel zu tun.“

„Selbstverständlich. Aber ...“ Sie machte eine Kunstpause und sprach dann halblaut weiter, so als würde sie Sabrina ein Geheimnis anvertrauen. „... wissen Sie, was wirklich komisch ist? Sie ist ohne ihren Kater fortgezogen. Ohne ihren geliebten kleinen Salito. Sie hat ihn hier ausgesetzt. Einfach so. Wahrscheinlich irgendwann des

Nachts. Können Sie sich das vorstellen?“ Sie schüttelte fassungslos den Kopf bei dem Gedanken daran. „Sie hat ihn einfach zurückgelassen.“

„Ach.“

„Ja doch. Möchten Sie ihn gerne sehen?“

Sabrina nickte, und die Frau ging ihnen voraus nach draußen und rief mit einer Stimme, die Jörgensen durch Mark und Bein ging, laut den Namen des Katers.

„Normalerweise wissen wir die Namen neuer Katzen ja nicht, nicht einmal, ob sie überhaupt einen haben. Aber Salito ... er kommt eigentlich immer, wenn man ihn ruft. Ah, da ist er.“

Auf einem hohen Mauerrest, sicher aus altrömischer Zeit, saß der Kater. Er war fast weiß, nur am Kopf und auf Rücken und Schwanz war er weiß, hellbraun und dunkelgrau getigert und schaute jetzt aus seinen blauen Augen mit der seiner Rasse eigenen Majestät abschätzend auf sie herab.

„Das ist er, der Kater von Signora Lelli. Er ist ein bisschen scheu“, meinte die Frau, als Salito auf seinem Posten auf der Mauer verharrte. „Früher war er zutraulicher. Ich weiß es, weil ich Signora Lelli manchmal besucht habe. Aber jede Katze reagiert auf so eine Veränderung anders. Wir würden ihn gerne hierbehalten, doch ich bin sicher, wir werden auch keine Probleme haben, jemanden zu finden, der ihn adoptiert, und das ist für die Katzen natürlich viel besser. Aber erst einmal bleibt er hier. Bis wir wissen, was mit Signora Lelli ist. Vielleicht will sie ihn ja am Ende doch zurückhaben.“

Nachdem sie wieder die Treppe in das moderne Rom hinaufgestiegen waren, sagte Sabrina: „Komisch, dass die hier auch nichts wissen. Jemand zieht doch nicht einfach weg, ohne dass die Nachbarn oder die Leute, mit denen man zu tun hat, etwas erfahren."

„Weißt du, ob sie außer diesem Sohn ihres Schwagers noch andere Verwandte hat?"

„Nein. Noch nicht." Sabrina hakte sich wieder bei ihm ein, während Jörgensen sie verwundert ansah. „Zu dumm, dass ich vergessen habe, mich nach ihm zu erkundigen. Vielleicht weiß er, was aus Signora Lelli geworden ist. Aber das muss warten bis morgen Nachmittag, wenn das Asyl wieder geöffnet ist. Wir machen jetzt erst mal einen kleinen Stadtbummel. Schließlich sollst du auch etwas von deinem Urlaub haben. Sag, wo möchtest du gerne hin?"

„Zeig du mir, was es hier Schönes zu sehen gibt, Schatz."

„Dann gehen wir jetzt zum Trevibrunnen. Der muss einfach sein."

Sie kamen am Pantheon vorbei, aber Sabrina sagte nur: „Das sehen wir uns ein andermal an." Jörgensen hatte das Gefühl, dass sie es furchtbar eilig hatte.

Nach einer Weile gelangten sie in eine schmale Gasse. Tische und Stühle von Restaurants, Cafés und Eissalons engten sie zusätzlich ein. Irgendwie kämpften sie sich durch die Menschenmenge. Ein leises Summen und Brummen hunderter menschlicher Stimmen wurde langsam lauter und immer lauter. Dann standen sie auf dem kleinen Platz mit dem monumentalen Fontana di Trevi.

Schon oft hatte Jörgensen Fotos von ihm gesehen, aber vielleicht war gerade das der Grund, dass ihn beim Anblick des Originals noch viel stärker das Gefühl überkam, eine Art Trugbild vor Augen zu haben.

Sabrina ließ ihm Zeit, sich sattzusehen, dann zog sie ihn weiter, hinunter zum Brunnen, wo sie nach einer Weile einen Platz auf der steinernen Bank dort fanden. Eng aneinandergedrängt saßen sie da, und Sabrina legte ihren Kopf auf seine Schulter.

„Ich denke gerade daran, wie ich hier mit Katinka gesessen habe. Wie lang ist das jetzt her? Ich glaube, sieben oder acht Jahre.“

Jörgensen erinnerte sich, dass ihn damals die Ermittlungen in einem spektakulären Mordfall gehindert hatten, in den lange geplanten Urlaub zu fahren und wie schwierig es gewesen war, Sabrina zu überreden, ohne ihn nach Rom zu fahren. Sie hatte erst eingewilligt, als er ihr erklärte, Katinka würde sich doch so auf den Urlaub freuen, da dürfe man das Kind jetzt nicht enttäuschen.

„Es ist wunderschön, dass ich das alles jetzt mit dir zusammen noch einmal erleben kann“, sagte Sabrina.

Nur zurückdrehen, dachte Jörgensen, kann man die Zeit leider nicht. Jetzt war es ihr erster Urlaub ohne Katinka geworden, weil die lieber mit ihrem Leon nach Griechenland fahren wollte. Diesem ... diesem ... Nicht einmal in seinen Gedanken fand er Worte, um seiner Meinung über Leon Ausdruck zu verleihen.

„Er hat nicht einmal mit ihr sprechen können.“

Jörgensen sah seine Frau verdattert an.

„Ich meine, der Nachbar. Er sagt, eines Tages kam ein Möbelwagen, und die Leute haben die Wohnung ausgeräumt. Der Mann hätte gerne gewusst, wohin Signora Lelli zieht und ihr alles Gute gewünscht, aber er hat sie während der ganzen Zeit nicht zu Gesicht bekommen."

„Sicher hat sie schon in der neuen Wohnung auf die Möbelpacker gewartet."

„Mmh. Ich weiß nicht. Das ist doch alles irgendwie seltsam. Auch das mit ihrem Kater." Sabrina schwieg einen Moment. „Was mag Signora Lelli dazu gebracht haben, Hals über Kopf von hier wegzuziehen und sogar ihren Kater auszusetzen? Als wollte sie alle Spuren von sich verwischen."

„Tja, aber ich fürchte, du wirst nie erfahren, was passiert ist."

„Nein? Wir werden sehen." Dann richtete sie sich auf. „Hier ganz in der Nähe, keine hundert Meter weit, war früher ein wirklich ganz hervorragender Laden mit Delikatessen. Ciavatti. Wenn es den immer noch gibt, kaufen wir uns da Brot und Schinken und Salami und Käse und Eingelegtes und Wein, und dann machen wir uns einen gemütlichen Abend daheim."

Der Laden, wohin Sabrina ihn führte, sah recht unscheinbar aus. Über dem kleinen Schaufenster war ein Schild, auf dem in Blockschrift FORMAGGI stand und über der Tür daneben stand in derselben Schrift PANE. Aber als sie den kleinen Laden betreten hatten, ließen die Auslagen Jörgensen das Wasser im Munde zusammenlaufen. Vom Boden bis zur Decke alles voller verführerisch aussehender Leckereien. Sabrina verhandelte mit dem Mann hinterm Tresen, ließ sich beraten, wählte aus. Jörgensen registrierte wohlwollend, was nach und nach für sie eingepackt wurde.

Der Schock kam, als er mit dem winzigen Coupon zum Zahlen an die Kasse ging und der Mann dort schließlich mit dem Finger auf den angezeigten Endbetrag deutete. Er sagte freundlich lächelnd etwas zu ihm.

„Was hat er gesagt, Schatz?“

„Dass du wirklich sehr feine Sachen gekauft hast.“ Sie berührte zärtlich seinen Arm.

„Sehr tröstlich“, sagte er und grinste schief.

Aber nachdem sie in ihrem vorübergehenden Zuhause von allem probiert hatten, musste Jörgensen zugeben, dass der Kassierer die Wahrheit gesagt hatte. Satt und zufrieden saßen sie schließlich am Fenster im dunklen Wohnzimmer bei einem Glas Frascati und schauten auf das abendliche Gewimmel auf dem Campo de’ Fiori hinunter.

„Du findest es albern, nicht wahr?“

„Was meinst du, Schatz?“

„Dass ich mich so sehr dafür interessiere, was mit Signora Lelli los ist.“

„Albern? Nein, ich kann es nur nicht nachvollziehen. Aber das hat nichts zu bedeuten, solange es dir wichtig ist.“

„Nachvollziehen? Nein, nachvollziehen kann ich es eigentlich auch nicht. Aber je rätselhafter die Geschichte wird, desto mehr möchte ich wissen, was dahintersteckt.“ Sabrina lachte. „Ich benehme mich wie eine schrullige Miss Marple auf Verbrecherjagd, nicht wahr?“

„Wir wollen hoffen, dass nichts wirklich Schlimmes passiert ist. Sonst wäre es nämlich ein Fall für die italienische Polizei und nicht für uns."

Sie tastete im Dunkeln nach seiner Hand, und als sie sie zu fassen bekommen hatte, drückte sie sie zärtlich und sagte: „Danke, dass du für *uns* und nicht für *dich* gesagt hast."

Am nächsten Morgen frühstückten sie in ihrer Wohnung. Sie hatten das Glück, dass in ihrem Haus unten nicht nur das *La Carbonara* war, sondern auch ein Bäcker. Italienische Panini, Rosette und dergleichen mussten, so wusste Jörgensen, frisch verzehrt werden. Sie eigneten sich am zweiten Tag allenfalls noch zum Einschlagen von Fensterscheiben.

Als er vom Bäcker zurückkam, hatte Sabrina bereits den Tisch mit den Resten vom gestrigen Festmahl gedeckt, sodass Jörgensen sich heute beim Frühstück einmal richtig satt essen konnte.

„Was machst *du* heute Vormittag?", fragte Sabrina.

Er sah sie überrascht an, und sie versuchte ganz unverfänglich zu lächeln.

„Ich wollte noch einmal zu dem Nachbarn von Signora Lelli. Mir sind noch ein paar Sachen eingefallen, die ich ihn fragen könnte. Warum schaust du dir nicht die Piazza Navona an? Wunderschöne Brunnen und gar nicht weit von hier. Und unterwegs kommst du am Palazzo Braschi vorbei. Da ist das Stadtmuseum drin. Oder schau dir ein paar Kirchen an. Die gibt es hier zuhauf."

Jörgensen musste lächeln. Sie wollte ihn also irgendwie beschäftigen, um sich in Ruhe weiter um Signora Lelli kümmern zu können.

„Ach, ich glaube, ich werde einfach ein bisschen hier im Viertel rumschnüffeln. So, als wäre ich im Urlaub."

Sie verharrten einen Moment und sahen sich schweigend an. Schließlich fuhr Sabrina ihm behutsam durch sein graues Haar und sagte: „Was für ein Glück, dass ich damals ausgerechnet auf dich reingefallen bin", und gab ihm einen Kuss. Dann räumten sie gemeinsam den Tisch ab und versorgten die Lebensmittel.

„Gut", sagte Sabrina. „Wir treffen uns dann zum Mittagessen. Wieder hier unten im *La Carbonara*? So gegen eins?"

Sie verließen das Haus gemeinsam, und während Sabrina den Campo überquerte, wandte Jörgensen sich nach rechts, ging ein Stückchen Richtung Piazza Farnese und bog dann in eine schmale Gasse ein. Es war auch heute wieder ein heißer Sommertag, aber hier unten zwischen den hoch aufragenden Mauern war er vor der Sonne geschützt. Er schlenderte ziellos dahin, immer wieder einmal an einer Ecke abbiegend, bis er nicht mehr wusste, wo er eigentlich war. Er genoss es, ausnahmsweise frei sein zu dürfen vom Zwang, sich orientieren und ein Ziel erreichen zu müssen. Als er an einer Bar vorbeikam, ließ er sich an einem der Tische am Straßenrand nieder und trank einen Cappuccino. Dann setzte er seine Wanderung fort.

Er bemühte sich die ganze Zeit über, nur zu schauen und an nichts zu denken, aber immer wieder spukten ihm Gedanken an Sabrina durch den Kopf. Hoffentlich würde sie bald irgendeine harmlose Erklärung für das Verschwinden von Signora Lelli finden. Dann konnten sie ihren Urlaub unbeschwert fortsetzen.

Als es langsam Zeit für die Verabredung wurde, zog er bedauernd sein Smartphone hervor, um zu schauen, wo er sich befand und wie er wieder zum Campo de' Fiori zurückgelangen konnte.

Er erreichte das *La Carbonara* kurz vor eins. Er bat den Kellner um einen Tisch für zwei und wartete dann mit der Geduld, die ihn Jahrzehnte im Polizeidienst gelehrt hatten. Er lächelte, weil er vermutete, nun dieselbe erhabene Gravität wie der Kater Salito auszustrahlen. Als die Uhr halb zwei zeigte, begann die hoheitliche Ruhe sich allerdings nach und nach zu verflüchtigen. Er zückte das Handy und rief Sabrina an, aber sie war nicht zu erreichen. Wahrscheinlich, dachte Jörgensen verärgert, hatte sie wieder einmal, knausrig, wie sie in kleinen Dingen sein konnte, das Datenroaming ausschalten wollen und einfach den Flugmodus aktiviert. Um Viertel vor zwei war sie immer noch nicht da, und er fing an, sich Sorgen zu machen. Um zwei stand er auf und strebte in Richtung des Gemüsestandes, der einmal Signora Lelli gehört hatte. Es dauerte eine Weile, bis er dem Mann begreiflich gemacht hatte, wer er war und was er von ihm wollte, aber am Ende erfuhr Jörgensen, wo Signora Lelli bis vor Kurzem gewohnt hatte. Mit lebhaften Gesten beschrieb der Händler ihm den Weg zu jenem Haus in der Via degli Specchi.

Dort angekommen rätselte er, wer wohl der Nachbar war, mit dem Sabrina gesprochen hatte. Er probierte alle Klingelknöpfe am Hauseingang. Ein einziger Bewohner reagierte und Jörgensen war froh, dass jener ältere Herr sogar recht gut Deutsch sprach, wenn auch mit ausgeprägt schweizerischem Akzent. Er hatte, wie er erklärte, in jungen Jahren lange in Interlaken in der Gastronomie gearbeitet. Jörgensen hatte Mühe, sein Mitteilungsbedürfnis in die richtige Richtung zu lenken. Ja, die Signora aus Germania – *una bella donna!* – sei heute früh noch einmal bei ihm gewesen. Nach langem Hin und Her erfuhr er, dass der ältere Herr Sabrina erzählt hatte, dass er während des Auszugs von Signora Lelli aus dem Fenster geschaut und einen Möbelwagen gesehen hatte. Er hatte sich sogar noch an den Namen des Unternehmens, der in großen Lettern auf dem Wagen gestanden hatte, erinnert.

„Wissen sie zufällig, wo dieses Unternehmen sein Büro hat?"

„Das hat mich die Signora auch gefragt, aber woher soll ich so etwas wissen? Wir haben im Telefonbuch nachgesehen. Und dann wollte die Signora unbedingt da hin, und ich habe ihr gesagt, welche Buslinie sie nehmen und wo sie umsteigen muss." Als er Jörgensens entsetzten Blick wahrnahm, meinte er: „Wenn Sie auch dahin wollen, Signore, können Sie natürlich auch ein Taxi nehmen. *Vicino*, nicht weit von hier am Largo Argentina ist ein Stand. Auf der Seite am Corso Vittorio Emanuele II."

Der Alte notierte für Jörgensen die Adresse des Umzugsunternehmens. Der dankte und hastete dann Richtung Taxistand. Im Vorbeigehen warf er einen kurzen Blick hinunter auf die Tempelanlage am Largo Argentina, aber er konnte nicht eine einzige Katze entdecken. Wahrscheinlich hatten die sich alle in der Mittagshitze ein schattiges Plätzchen gesucht.

Am Taxistand angekommen, drückte er einem Chauffeur seinen Zettel in die Hand, und mit einem knappen *va bene, Signore* startete der den Wagen, und schon brausten sie durch den dichten Verkehr dem Ziel entgegen. Aber die Fahrt dauerte. Das Ziel befinde sich in San Lorenzo, dem Studentenviertel, erklärte der Fahrer seinem ungeduldigen Kunden.

Jörgensen versuchte, sich über seine Gefühle klar zu werden. Tief im Innern spürte er eine leise Unruhe. Ja, – verdammt noch mal! – er machte sich wirklich Sorgen um Sabrina, aber er hätte nicht sagen können, warum. Es konnte unzählige harmlose Erklärungen dafür geben, dass sie nicht ins *La Carbonara* gekommen war, sagte er sich. Aber die Unruhe blieb. War es Sabrina all die Jahre, die sie mit ihm, dem Polizisten, verheiratet war, auch so ergangen? Hatte sie tagein, tagaus die Sorge mit sich herumgetragen, ihm könnte etwas zustoßen?

Die Straßen in San Lorenzo waren breiter als in der Altstadt, großzügig, aber nicht einladend. Der Fahrer hielt vor einem Gebäude, dessen Wände mit Graffiti und Resten von Plakaten verunstaltet waren. So wie alle anderen Hauswände hier auch. Er bat den Fahrer zu warten.

Das Umzugsunternehmen entpuppte sich als eine Art Kollektiv von Arbeitslosen, Studenten und dergleichen, das Umzüge und Entrümpelungen zu kleinen Preisen anbot. Die Führung der Geschäftsunterlagen war alles andere als professionell, aber immerhin konnte man ihm die gewünschten Auskünfte ohne langes Zögern geben. Ein junger Mann, ein Lockenkopf, der ein wenig aussah wie der junge Bob Dylan, hatte sie ja gerade erst für die Signora aus Germania hervorgekramt. Allerdings wurde Jörgensens Neugier mit einer gehörigen Portion Misstrauen bedacht. Hätte nicht zuvor auch schon Sabrina die Auskünfte bekommen – wie sie das geschafft hatte, war Jörgensen ein Rätsel –, wäre er möglicherweise auf taube Ohren gestoßen. Aber wie die Dinge standen, dachte der junge Dylan wohl, dass es so oder so egal war. Jedenfalls hatte Jörgensen jetzt die neue Anschrift von Signora Lelli.

Zu dieser Wohnung im Vicolo del Leopardo musste das Taxi wieder quer durch Roms Altstadt und über den Tiber nach Trastevere.

Ihr Ziel war eine etwas aus der Zeit gefallene Gasse, verschönert mit vielen Pflanzenkübeln vor den Häusern, wo noch die Wäsche im Wind flatterte an Wäscheleinen, die teils vor den Fenstern, teils über die Straße von Haus zu Haus gespannt waren. Ein Schild mit dem Namen Lelli gab es an der Haustür nicht, also probierte Jörgensen wieder alle Knöpfe durch. Diesmal war ihm nur ein Teilerfolg beschieden. Zwar reagierte auch hier jemand auf sein Klingeln, aber die Frau, die ihn ins Haus ließ, sprach weder Englisch noch Deutsch. Sie war weder hübsch noch hässlich, wohl irgendwo in den Dreißigern und blickte ihn etwas genervt an. Im Hintergrund hörte

Jörgensen das Geschrei kleiner Kinder. Er versuchte sich verständlich zu machen, indem er an alle Wörter As oder Os oder Is anhängte und seine Worte durch Gesten verdeutlichte, aber am Ende bekam er wohl seine Informationen nur, weil er das Zauberwort *donna di Germania* aussprach. Nach und nach und begleitet von vielen Missverständnissen erfuhr er, was auch Sabrina von der Frau erfahren hatte. Vor ein paar Wochen – so genau wollte sie sich bezüglich des Zeitpunkts nicht festlegen – war eine leer stehende Wohnung möbliert worden, aber eingezogen war dort niemand. Einer der Möbelpacker hatte ihr erzählt, dass das *appartamento* tageweise an Touristen vermietet werden sollte. Wie mittlerweile viele hier in Trastevere, hatte die Frau verbittert ergänzt. Bisher hatte sie allerdings noch kein einziges Mal jemanden in der Wohnung logieren gesehen. Jörgensen erfuhr, dass das Haus einer wohlhabenden Witwe gehörte, einer gewissen Signora Iacaccia, die im Viertel Prati lebte. Er notierte Namen und Anschrift und zeigte den Zettel seinem Fahrer. Der antwortete wie gehabt mit einem gleichmütigen *va bene*, gab Gas, und sie setzten ihre Odyssee durch Rom fort.

Jetzt wird die Sache aber langsam doch verdächtig, sagte sich Jörgensen, aber die kurze Fahrt bis zum neuen Ziel ließ ihm nicht viel Zeit zum Nachdenken. Erneut kamen sie in ein ganz anderes Rom. Die schachbrettartig angeordneten Straßen waren großzügig und von Robinien gesäumt – die Jörgensen allerdings für Akazien hielt –, und die Häuser wuchtig, aber gleichzeitig von unaufdringlicher Eleganz.

Schilder neben dem Eingang zeigten an, dass in diesem Haus auch Büros von Anwälten, Maklern und dergleichen waren. In einer Glaskabine saß ein Pförtner, der gerade mit seinem Handy beschäftigt war. Jörgensen nannte Signora Iacaccias Namen. Der Pförtner drückte einen Knopf, und die Tür nach innen sprang ein Stückchen auf. Als Jörgensen keine Anstalten machte weiterzugehen, sah der Pförtner verwundert von seinem Handy auf und murmelte dann etwas, was Jörgensen als vierter Stock interpretierte.

Er stieg in den schmiedeeisernen Käfig des Aufzugs in der Mitte des Treppenhauses und fühlte sich dabei an alte Kinofilme erinnert. Die Wohnung von Signora Iacaccia entdeckte er erst nach einigem Suchen am Ende eines langen Flurs.

Die Frau, die ihm öffnete, schien eine Art Zugehfrau zu sein. Da sie ihm alles andere als zuvorkommend begegnete, murmelte Jörgensen: „*Polizia*", und zückte kurz seine Dienstmarke, die ihn als schleswig-holsteinischen Kripobeamten auswies. Aus Erfahrung wusste er, dass die meisten Deutschen keine Ahnung hatten, wie so eine Dienstmarke auszusehen hatte. Warum also sollten Italiener diejenige ihrer Polizisten von einer deutschen unterscheiden können?

Über die Schulter hinweg wechselte die Frau einige Worte mit einer für Jörgensen unsichtbaren Person, dann wies sie ihm den Weg in einen Raum, wo Signora Iacaccia ihn mit besorgter Miene empfing. Sie war so stark geschminkt, dass es ihm schwerfiel, ihr Alter zu schätzen. Sechzig? Oder sogar schon jenseits der siebzig?

Auf jeden Fall zeugte ihre ganze Erscheinung davon, dass sie sich noch längst nicht von dem Grundsatz verabschiedet hatte, als Italienerin und besonders als Römerin habe man eine *bella figura* zu machen. Das galt auch für die elegante Gestaltung des Zimmers. Sie schloss die Tür zum Flur und lud ihn ein, sich zu setzen.

Jörgensen überlegte, wie er vorgehen sollte, denn mit dem gemurmelten *buon giorno* war sein Italienisch praktisch erschöpft. Einen Moment spielte er mit dem Gedanken, seine kleine Notlüge aufzuklären, aber dann warf er alle Bedenken über Bord, entschlossen, seine Täuschung auf die Spitze zu treiben, und stellte sich als *Special agent* Jörgensen von Interpol vor. Ihm war nicht klar, ob Signora Iacaccia ihm das abnahm. Zumindest durfte er erleichtert feststellen, dass die alte Dame des Englischen mächtig war. Aber spätestens, als er auf die Wohnung im Vicolo del Leopardo zu sprechen kam, sah er Misstrauen aufkeimen, und das war nun wirklich nicht verwunderlich, denn er war heute schließlich bereits der Zweite, der sich danach erkundigte. Er glaubte, in ihren Zügen lesen zu können, dass sie mit dem Gedanken spielte, ihn abzuwimmeln, aber sie entschied sich anders. Ein junges Mädchen hätte die Wohnung gemietet, erklärte sie mit einem dünnen Lächeln.

„Aber sie ist dort nie eingezogen. Sie hat die Wohnung auch gar nicht für sich selbst gemietet, nicht wahr? Sondern für eine gewisse Signora Lelli.“

„Für eine Signora Lelli? Davon weiß ich nichts.“

„Nein? Hat sie vielleicht gesagt, dass sie die Wohnung an Touristen vermieten will?“

Signora Iacaccia sah ihn erst irritiert an, dann huschte ein spöttisches Lächeln über ihre Lippen, das er nicht zu deuten verstand. „Vielleicht."

Am Ende verließ er die Wohnung mit einem weiteren kleinen Zettelchen, auf dem Name und Anschrift der Mieterin standen.

Als Jörgensen das Taxi erreichte, fand er es verwaist. Er blickte sich irritiert um, aber da kam sein Chauffeur auch schon aus einer nahe gelegenen Bar. Er hatte die Gelegenheit genutzt, auf die Schnelle einen Espresso zu trinken. Als sie wieder im Wagen saßen, hielt Jörgensen dem Mann den Zettel mit dem neuen Ziel hin. Diesmal hob der kurz die Augenbrauen, bevor er das obligatorische *va bene* folgen ließ. Bald begriff Jörgensen. Sie fuhren zurück nach Trastevere, und ihr Ziel war, wie sich am Ende herausstellte, nicht weit entfernt vom Vicolo del Leopardo, wo sie ja gerade hergekommen waren.

Die Gegend, wohin sie jetzt gelangten, war nicht ganz so idyllisch, eher langweilig modern. Die nächste Station auf Sabrinas Spuren, sagte sich Jörgensen. Wenn er sie doch nur einholen könnte. Er klingelte bei Laura Giotto. Der Türöffner ertönte und er musste die Treppe bis in den zweiten Stock hinaufklettern. Es war ein blutjunges Mädchen, das ihn dort erwartete, und normalerweise wahrscheinlich sogar hübsch anzusehen, aber im Augenblick nahm sie sich recht erbärmlich aus. Sie wirkte übernächtigt und hatte wohl am Abend zuvor zu tief ins Glas geschaut und später auch vergessen, sich abzuschminken. Sie trug einen kurzen, verführerischen Morgenmantel aus hellbraunem Satin mit schwarzer Spitze.

Er war arg zerknittert, und weil ihr scheinbar der Gürtel verloren gegangen war – was sie aber nicht weiter zu stören schien –, konnte Jörgensen sehen, dass sie darunter nichts anhatte.

Sie ließ ihn ohne viel Federlesens herein. Der Flur war mit kitschigen, billigen Drucken von kopulierenden Personen in Rokokokostümen geschmückt. Jörgensen verstand jetzt das spöttische Lächeln der Signora Iacaccia. Die Kleine ging in dieser Wohnung einem altehrwürdige Gewerbe nach. Warum hatte sie zusätzlich die Wohnung im Vicolo del Leopardo gemietet? Sollte das eine Art Rückzugsort für sie werden? Aber was um alles in der Welt hatten die Möbel von Signora Lelli dort zu suchen? Außerdem hatte die Nachbarin doch behauptet, die Wohnung sei seit dem Einzug noch nie genutzt worden.

Die junge Frau führte ihn in die Küche, wo sie wohl gerade beim Frühstücken gewesen war.

„Ich komme von Frau Iacaccia. Sie hat mir erzählt, dass sie von ihr eine Wohnung im Vicolo del Leopardo gemietet haben.“

„Jetzt fangen Sie auch noch damit an. Ich habe das doch alles schon der Signora aus Germania erzählt.“

„Mag sein. Erzählen Sie es mir auch.“

Sie zuckte kurz mit den Schultern und redete dann unbefangen drauflos.

„Wenn ich geahnt hätte, welchen Ärger ich mir damit einhandle. Ich habe nichts mit dieser Wohnung zu tun. Ich habe sie für Enzo gemietet. Um ihm gefällig zu sein. Es schien ihm furchtbar wichtig zu sein. Er ist schließlich ein alter Kunde von mir. Ein bisschen knausrig in letzter Zeit. Er behauptet, sein Laden würde gerade nicht so gut gehen. Aber er hat versprochen, mir die Miete immer pünktlich zu geben. Und ein kleines Trinkgeld dabei. Sie verstehen. Ich sollte nur den Mietvertrag unterschreiben und immer schön der alten Iacaccia die Miete zukommen lassen. Die Sache sollte auch nicht auf ewig sein."

„Und was wollte dieser Enzo mit der Wohnung?"

„Keine Ahnung. Ich hab ihn nicht gefragt. Ich bin auch nie da gewesen. Ich habe unterschrieben und Enzo die Schlüssel gegeben. Das war alles."

„Wer ist denn dieser Enzo? Sie sagen, er sei einer Ihrer Kunden. Was wissen Sie von ihm?"

„Er hat hier in Trastevere eine Schlachterei, über der er wohnt auch."

„Und wo genau ist das?"

„In der Via del Moro, die Macelleria Lelli."

„Lelli?"

„Ja, Enzo Lelli. So heißt er."

Es dauerte nur Minuten, bis sie ihr neues Ziel erreichten. Trotz der vielen Einbahnstraßen. Inzwischen war es bereits nach vier und die Mittagspause der Schlachterei vorbei. Jörgensen trat ein.

„Signor Lelli?", sprach er den Mann hinterm Verkaufstresen an, aber der schüttelte den Kopf. Es gelang Jörgensen, ihm klarzumachen, dass er unbedingt Signor Lelli sprechen müsse. Der Mann zückte sein Handy. Die Unterhaltung ging eine Weile hin und her. Am Ende wurde Jörgensen mit einer Handbewegung aufgefordert, sich ein wenig zu gedulden. Ihm fiel ein, dass die kleine

Giotto gesagt hatte, Lelli würde über der Schlachterei wohnen. Es dauerte nicht lange und es tauchte tatsächlich jemand aus einem Raum hinter dem Tresen auf, ein schlanker, noch recht junger Mann, bei dem man kaum auf die Idee gekommen wäre, er könnte Schlachter sein. Er wirkte furchtbar nervös und schien sich in seiner Haut alles andere als wohl zu fühlen. Schon viele Menschen in diesem Zustand waren Jörgensen im Laufe seines Berufslebens begegnet. Er wusste, dass er am Ziel war. Das las er nicht nur in der Miene seines Gegenübers, nein, inzwischen hatte er eine Ahnung, was geschehen war. Gleichzeitig schlug sein Herz heftig, weil er nun erfahren würde, was mit Sabrina war.

„Signor Lelli, wo ist die Signora aus Germania?"

Am Abend saßen sie wieder im dunklen Wohnzimmer am offenen Fenster und schauten auf den Campo de' Fiori hinunter.

„Ich denke nicht, dass er mir etwas angetan hätte", meinte Sabrina. „Er sagt, er hat seine Tante im Streit getötet und sei entsetzt gewesen, als sie tot vor ihm lag, und ich glaube ihm das."

„Immerhin hat er dich gegen deinen Willen festgehalten. Er hätte auch dich töten können, um seine Haut zu retten."

„Mord zur Verdeckung einer Straftat, so nennt ihr das, nicht wahr?"

„So ungefähr."

„Nein, du irrst dich. Als ich aufgetaucht bin und ihm so ganz offensichtlich auf die Schliche gekommen war, wusste er nicht mehr ein noch aus, aber ich glaube nicht, dass er fähig ist, einen Menschen kalten Blutes zu töten. Die beiden, seine Tante und er, hatten einen furchtbaren Streit. Er konnte Katzen nicht leiden, und er sagt, er hätte den lästigen Kater ein wenig mit dem Fuß angestupst. Na ja, vielleicht war es in Wirklichkeit auch ein veritabler Fußtritt. Womit er nicht gerechnet hat, war, dass seine Tante die Sache mitbekommen hat. Er wähnte sie in der Küche. Dann folgte der Streit. Signora Lelli hat ihm gedroht, ihn zu enterben. Wer weiß, ob sie das wirklich getan hätte, aber ... sie hat ihn, vielleicht, ohne es zu ahnen, in die Enge getrieben. Seine Schlachterei ging nicht mehr gut. Er hatte Schulden bei der Bank und die haben nur stillgehalten, weil er beim Ableben seiner alten Tante auf einen warmen Regen hoffen durfte. Da hat er zugeschlagen. In blinder Wut. Oder Verzweiflung. Wahrscheinlich wollte er sie gar nicht töten. Es war wohl eher eine Art Unfall. Aber als er merkte, was er angerichtet hatte, hat er verzweifelt versucht, die Sache zu vertuschen. Er hat sich verhalten wie ein kleines Kind. Er wollte nicht die Verantwortung übernehmen für das, was geschehen war. Oder er konnte es nicht. Und dann ist er auf diese Idee mit dem Umzug gekommen.“

„Eine hirnverbrannte Idee.“

„Mag sein, aber es hätte auch gut gehen können. Er hat versucht, Zeit zu gewinnen. Er wollte Gras über die Sache wachsen lassen. Hätte man die Tote sofort entdeckt, erschlagen, wäre er, der Alleinerbe, doch unweigerlich in Verdacht geraten. Seine Tante sollte einfach spurlos verschwinden, und irgendwann hätte er sie bei der Polizei als vermisst gemeldet. Der Nachbar hätte sich dann, viel später, nicht mehr an den Namen des Umzugsunternehmens erinnert und wenn doch, dann hätten die Leute dort in ihrem Chaos wahrscheinlich nichts mehr über diesen Auftrag gefunden."

„Möglicherweise hast du recht, Schatz."

„Wenn ich mir allerdings vorstelle, dass er die Leiche beseitigt hat, wie auch immer … bei dem Gedanken bekomme ich schon eine Gänsehaut. Aber vielleicht ist das für ihn als Schlachter gar nicht so schwierig gewesen. Aber anderseits, seine Tante hat er umgebracht und kaltblütig die Spuren seiner Tat beseitigt. Warum hat er, der Katzenhasser, nicht auch den Kater getötet und verschwinden lassen? Warum hat er sich die Mühe gemacht, ihn zum Largo Argentina zu bringen?"

Jörgensen wusste darauf keine Antwort.

„Sind es solche Fragen, mit denen du dich all die Jahre hast herumplagen müssen?"

Lange Zeit blickten sie schweigend auf das fröhliche Treiben auf dem Campo de' Fiori herab.

„Vielleicht steckt beides im Menschen", sagte Sabrina schließlich.

„Was meinst du, Schatz?"

„Das Gute und das Böse. In jedem von uns. Auch in uns beiden. Aber was entscheidet, dass irgendwann das eine oder das andere die Oberhand gewinnt? Wir selbst? Oder zwingen uns die Verhältnisse, in denen wir leben, in die eine oder andere Richtung? Oder einfach nur der Zufall?"

„Wer weiß."

„Vielleicht ist das auch gar nicht so wichtig. Vielleicht genügt es einfach, dass wir uns sagen, dass wir es selber in der Hand haben, dass wir uns jeden Tag aufs Neue entscheiden können. Und entscheiden müssen. Wir können das Gute wählen, und wir können das Böse wählen. Wir allein sind dafür verantwortlich, wofür wir uns entscheiden." Sabrina zögerte einen Moment. „Du wirst lachen, wenn ich das sage, aber als Schlachter hätte es ihm sicher nichts ausgemacht, auch den kleinen Kater zu töten. Aber er hat ihn zum Katzenasyl gebracht und dort ausgesetzt. Komisch, oder? Ist er in der Situation an den Punkt gekommen, wo er erkannt hat, dass er sich entscheiden kann und entscheiden muss? Aber ich fange an zu schwafeln. Schenk mir lieber noch ein bisschen Wein ein." Sie nippte an ihrem Glas. „Weißt du, was ich mir überlegt habe?"

Er wusste es nicht, aber er ahnte es.

„Wir könnten den kleinen Salito adoptieren und mit nach Kiel nehmen. Was meinst du? Wollen wir? Jetzt, wo Katinka ausgezogen ist, ist doch bei uns noch Platz für jemanden Drittes."

„Ich weiß nicht, können wir denn so mir nichts, dir nichts eine Katze mit nach Deutschland nehmen? Da gibt es doch bestimmt irgendwelche Vorschriften ..."

„Ja, du hast recht. Ich habe mich im Internet schon ein wenig schlaugemacht. Es ist tatsächlich nicht ganz so einfach."

Damit war die Sache klar. Er kannte seine Sabrina. Je höher die Schwierigkeiten sich vor ihr auftürmten, desto verbissener verfolgte sie einen einmal gefassten Entschluss. Der kleine Salito würde sich wohl an das Kieler Schietwetter gewöhnen müssen.

# Feuer, Rauch und Schwefel

Von der anderen Seite des Hafens aus beobachtete er, wie die Flammen sich züngelnd emporreckten, grelles Weiß, dann gelb und rot in schweren schwarzen Qualm übergehend, den der schwache nächtliche Wind nicht auseinanderzutreiben vermochte. Jetzt war ein Martinshorn zu hören. Unirdisch flackerndes Blau mischte sich in das Spektakel.

Er überzeugte sich noch einmal, dass er sich eine Ecke gesucht hatte, wohin kein Licht drang und wo er im nächtlichen Dunkel praktisch unsichtbar war. Und wenn sie ihn dennoch entdeckten? Man durfte doch auch mitten in der Nacht spazieren gehen, oder? Schließlich lebte man in einem Rechtsstaat, die Bullen konnten ihn mal!

Außerdem hatte er nichts Verdächtiges bei sich. Die Gummihandschuhe und die restlichen Grillanzünder hatte er zusammen mit dem Feuerzeug ins Hafenbecken geworfen, und der Stein war schwer genug gewesen, um jenen Beutel auf den Grund sinken zu lassen. Ihm konnte nichts passieren.

Er hatte lange gezögert, aber jetzt war er froh, es getan zu haben.

Er genoss den Anblick des lodernden Feuers. Die Nacht und der Schnee und das Feuer. „Ein Licht in der Finsternis", murmelte er. Irgendwie kam ihm diese Formulierung vertraut vor, aber woher?

Die Bullen versuchten mit einem Feuerlöscher den Brand zu bekämpfen, aber der Wagen stand voll in Flammen, die würde erst die Feuerwehr in den Griff bekommen.

Wem das Auto wohl gehören mochte? Egal. Hauptsache es brannte. Das würde ihnen zu denken geben. Ja, jetzt hatte er es ihnen gezeigt.

# Der Vorfall in der Rue Gilbert

„Ich finde, er schmeckt nach Seife", sagte May.

„Guter Cognac muss nach Seife schmecken", sagte der Unteroffizier. Er war der Einzige, der Rangabzeichen an seiner Uniform trug. Die anderen waren alle einfache Grenadiere.

Raschke hatte sein Glas auf einen Zug leer getrunken. „Seife? Da muss ich mal drauf achten." Er klopfte mit einer Münze auf den Tisch und rief dem Kellner zu, er solle noch eine Runde bringen.

„Nicht so hastig, Junge", meinte der Unteroffizier grinsend. „Sonst bist du nachher schachmatt. Dann, wenn's drauf ankommt."

Die anderen am Tisch lachten.

„Nicht, dass du dann nicht mehr kannst!", rief Stumpf. „Wer weiß, wie oft du noch Gelegenheit dazu hast."

„Wo sie uns am Ende wohl hinschicken werden", meinte Urbscheit.

„Hauptsache wir haben Utrecht hinter uns, und es geht irgendwann endlich richtig los", sagte Raschke.

„Hier in Frankreich werden wir sicher nicht lange bleiben", sagte May.

„So lange sie uns nicht nach Osten schicken ...", sagte Urbscheit.

„Was willst du damit andeuten?", fragte Stumpf lauernd.

„Da kommt die neue Runde", unterbrach der Unteroffizier die Unterhaltung.

„Prost!", rief Raschke und kippte seinen Cognac auch dieses Mal auf der Stelle weg.

„Die Division Hermann Göring steht überall ihren Mann", sagte Stumpf. „Überall, wo der Führer sie hin befiehlt. Auch an der Ostfront."

„Sicher, mein Junge", sagte der Unteroffizier beschwichtigend. „Aber warum die Eile? Warum denn gleich von der Schulbank an die Ostfront? Ihr Frischlinge werdet den Krieg schon noch früh genug kennenlernen. Trinken wir auf die Zukunft, was sie uns auch bringen mag."

Alle hoben ihr Glas. Auch Raschke, obwohl seines bereits leer war.

„Auf die Zukunft! Heil Hitler!", rief Stumpf.

Die anderen taten ihm murmelnd Bescheid.

„Und jetzt wollen wir den Damen einen Besuch abstatten", sagte der Unteroffizier.

Die Soldaten leerten ihre Gläser und verließen das Bistro.

Sie gingen alle nebeneinander auf der Straße, weil der Bürgersteig sehr schmal war und sowieso keinerlei Fahrzeuge welcher Art auch immer unterwegs waren.

Die meisten Häuser waren zweigeschossig und stießen wie hingeduckt direkt an den Bürgersteig. Nirgends gab es Alleebäume. Die Häuser waren ausnahmslos weiß getüncht. Bei vielen war dieses Weiß allerdings im Laufe der Jahre und Jahrzehnte zu einem schmuddeligen Beige geworden.

Eine Weile sagte keiner etwas, dann fragte Stumpf: „Und das ist kein Wehrmachtspuff?“

„Nee, mein Junge, drüben in Saintes werden sie vielleicht mal einen aufmachen, aber hier in der Gegend sind einfach nicht genug von uns Landsern“, meinte der Unteroffizier. „Hat einer von euch etwa Schiss?“

„Und wenn sie irgendwas haben?“, fragte May. „Ich meine ....“

„Alles hat seinen Preis. Nix kriegste umsonst!“ Raschke lachte.

„Wir gucken uns die Mädels erst mal an“, meinte der Unteroffizier. „Und falls sich bei einem was tut in der Hose, muss er halt überlegen, ob es das Risiko wert ist.“ Jetzt lachten sie alle. „Und das hier ist schon die Rue Gilbert. Gleich sind wir da, Jungs.“

Nach einer Weile erreichten sie ein Haus, das etwas stattlicher aussah als die anderen und das ein Stück von der Straße entfernt lag. Sie gingen durch eine schmiedeeiserne Pforte und einen von der sengenden Sonne verdorrten Vorgarten. An der Tür war kein Namensschild, trotzdem läutete der Unteroffizier, ohne zu zögern. Lange Zeit passierte nichts.

„Sie überlegen wohl noch, ob sie uns reinlassen wollen“, meinte Stumpf und deutete dabei auf das Guckloch in der Tür.

Schließlich öffnete ihnen ein junges Mädchen, fast noch ein Kind, wohl eine Dienstmagd, ließ sie ein und wies auf eine offenstehende Tür am Ende des Flurs.

Die Soldaten folgten ihrer Geste und gelangten in einen großen Salon, an dessen Rändern Stühle und Bänke standen. Die Mitte des Raumes war frei. Es wirkte wie eine an allen vier Seiten von Zuschauerrängen umgebene Bühne und genau das war es auch. Zwei Mädchen standen in der Mitte und zwei oder drei andere saßen mit ein paar Franzosen am Rand. Alle starrten die Neuankömmlinge schweigend an. Nur eine fette Alte, die neben einer zweiten Tür saß und wohl die Madame war, sagte, ohne zu lächeln:

„Bonsoir, Messieurs.“

„Bonsoir, Madame“, erwiderte der Unteroffizier mit einem Nicken, das entfernt an eine Verbeugung erinnerte.

Die Madame sagte etwas auf Französisch, aber keiner der Soldaten verstand es.

„Setzt euch, Jungs, und schaut euch die Mädels an“, murmelte der Unteroffizier. „Aber benehmt euch anständig. Wie es sich für deutsche Landser gehört.“

Die Soldaten ließen sich in möglichst großer Entfernung von den anderen nieder und langsam fingen die Franzosen und die Mädchen wieder an, leise miteinander zu reden.

Die Madame fixierte eines der beiden Mädchen in der Mitte, eine Brünette von unbestimmbarem Alter, und machte eine Kopfbewegung hin zu den Deutschen. Die Brünette durchquerte ohne großen Enthusiasmus den

Raum und baute sich vor den Soldaten auf. Sie musterte einen nach dem anderen, dann sagte sie zu Urbscheit: „Veux tu venir avec moi, mon petit bidasse?", und machte dazu eine obszöne Handbewegung.

Urbscheit wich zurück und sah seinen Unteroffizier hilfesuchend an.

Die Brünette lachte und zwei oder drei der Franzosen fielen in das Gelächter ein. Einer von ihnen sagte grinsend etwas zu dem Mädchen neben sich.

Raschke war sicher, die Worte *les boches* gehört zu haben, und wenigstens so viel verstand er, nämlich wer damit gemeint war.

„Was hast du gesagt, du verfluchter Franzmann?", rief er drohend.

Er stand auf, aber May und der Unteroffizier zogen ihn wieder auf seinen Platz zurück.

„Immer mit der Ruhe, Junge", mahnte der Unteroffizier.

Stumpf hatte inzwischen die anwesenden Frauen gemustert, und sein Blick blieb an einem noch recht jungen Mädchen hängen, das, als es seinen Blick bemerkte, die Augen niederschlug. Wäre man diesem Mädchen auf der Straße begegnet, hätte man es nie für möglich gehalten, ihm an einem Ort wie diesem zu begegnen. Es war ungeschminkt und sein glattes, halblanges Haar war schlicht gescheitelt. Als das Mädchen wieder aufblickte, lächelte Stumpf es an und machte eine auffordernde Kopfbewegung. Das Mädchen sah ängstlich zur Madame hin, aber die erwiderte ihren Blick, ohne eine Miene zu verziehen. Stumpf stand auf und schlenderte auf das Mädchen zu.

„Je suis Hans", sagte er, „und du ... et tu ... wie heißt du?"

Das Mädchen sah Stumpf, der nicht weit von ihm entfernt stehen geblieben war, schweigend an.

„Réponds", sagte die Madame.

„Colette", sagte das Mädchen leise und schlug wieder die Augen nieder. Nach kurzem Zögern sah es noch einmal zur Madame hinüber. Die nickte unmerklich, und, ohne noch ein weiteres Wort zu sagen, stand das Mädchen auf und verließ den Raum durch jene zweite Tür, neben der die Madame saß, und Stumpf folgte ihr.

Die übrigen Soldaten warfen einander anerkennende Blicke zu.

Währenddessen gesellte sich eine zweite, eine üppige Blondine, zu der Brünetten.

„Et vous? Êtes-vous couilles molles?", rief sie den Deutschen zu und lachte.

„Was sagt sie?", fragte May.

„Keine Ahnung. Aber ich glaube, molles bedeutet weich oder so", sagte Urbscheit.

May taxierte die beiden Frauen eine Weile mit gespielter Selbstsicherheit, die aber wenig überzeugend wirkte.

„Ich finde die Dicke hier gar nicht so unappetitlich", sagte er schließlich grinsend.

„Dann versuch dein Glück bei ihr", sagte der Unteroffizier.

May zögerte, dann lächelte er die Blonde an und klopfte mit der Hand auf den Platz neben sich auf der Bank. Die Blonde zwinkerte der Brünetten zu und setzte sich dann zu May. Sofort griff sie ihm in den Schritt und nickte dann anerkennend.

„Ah, très bien!"

May legte seine Hand auf die der Blonden und hielt sie fest, was die mit einem vergnügten Kichern quittierte.

„Tu as peur?"

May sah sie verständnislos an.

Da hörten die Soldaten plötzlich von irgendwoher wütendes, lautes Schreien. Sie sahen sich an. Es klang wie die Stimme von Hans Stumpf. Erneute Schreie, nicht mehr zornig, sondern eher gequält.

Die Soldaten sprangen auf und stürmten durch die zweite Tür.

Einige der Mädchen im Saal fingen an zu kreischen, die Franzosen fluchten und im Nu hatten sie den Saal und das Haus verlassen. Nur die Madame behielt die Nerven. Einen Moment verharrte sie auf ihrem Platz, abwägend, was zu tun sei, was für sie, für ihr Etablissement und für ihre Mädchen das Beste wäre, dann verschwand sie in einem angrenzenden Raum, der ihr als Büro diente und wo sich ein Telefon befand. Von dort aus alarmierte sie die Gendarmerie.

Raschke war der Erste, der das Zimmer erreichte, in dem Colette und Stumpf sich befanden.

Stumpf röchelte inzwischen nur noch halblaut.

Colette kniete neben ihm auf dem Bett und stach wieder und wieder mit einem Messer auf ihn ein. Der Oberkörper des nackten Mannes war blutüberströmt. Aber er lebte noch. Colette war nicht kräftig genug, um ihn tödlich verwunden zu können.

Raschke stürmte auf die beiden zu, packte das Mädchen an der Schulter und dann traf seine Faust Colette mitten ins Gesicht. Einmal, zweimal. Es klang, als würden Knochen unter der Wucht seiner Fausthiebe splittern. War es der Kiefer? Das Jochbein?

Der Unteroffizier versuchte Raschke zu bändigen, aber nur mit Hilfe der andern beiden Soldaten gelang es ihm schließlich, ihn von dem Mädchen wegzureißen.

Raschke raste wie ein Wahnsinniger. Die anderen konnten ihn kaum halten.

„Ich bringe die Hure um!", schrie er mit überschlagender Stimme. „Ich bringe sie um!"

Inzwischen hatte Colette von Stumpf abgelassen und stach auf sich selbst ein, mehrere Male traf das Messer ihren Oberkörper, aber auch das, ohne mehr als blutende Fleischwunden zu verursachen.

Bald war das zuvor weiße Bettzeug rot von Blut.

Raschke brüllte wie ein wildes Tier. Colette weinte und schrie gleichzeitig irgendetwas, was die Soldaten nicht verstanden. Stumpf röchelte. Von unten hörte man immer noch das Kreischen der Mädchen und dazwischen die tiefe Stimme von der Madame, die die Mädchen zur Raison bringen wollte.

Bald war auch Colettes Oberkörper blutverschmiert. Als sie versuchte, sich die Pulsader aufzuschneiden, stürzte Urbscheit hinzu und riss ihr das Messer weg.

Der Unteroffizier war froh, als die französischen Gendarmen erschienen.

Sie nahmen Colette in Gewahrsam, und als das Mädchen fort war, beruhigte sich Raschke langsam wieder.

Ein Arzt, den die Madame auch alarmiert hatte, versorgte Stumpfs Verletzungen, und es würde sicher auch nicht lange dauern, dann würde die Gestapo sich um Colette kümmern.

# Das Opfer

Viel Zeit blieb ihnen nicht mehr. Sie gingen in den Erfrischungsraum, der besonders jetzt am Abend genauso düster und schmuddelig wirkte wie der Bahnhof selbst. Von dort aus konnten sie das Gleis sehen, von dem der Zug nach Harwich abfahren sollte. Liverpool Street Station, das Tor zum Kontinent, so nannte man den Bahnhof wegen eben dieser Verbindung zu den Fähren nach Hoek van Holland und Vlissingen.

Thilo Schönhoff bestellte am Tresen zwei Tassen Tee, die er dann behutsam zum Tisch hinüber trug. Er bemerkte, dass Helen unverwandt, ja wie versteinert auf das abgenutzte Holz der Tischplatte starrte. Als er die Tassen abstellte, erwachte sie aus ihrem Stupor.

„Danke.“

Thilo schwieg einen Moment lang und sah auf die Uhr. „In einer halben Stunde geht mein Zug, Helen.“

„Ja.“

„Du hättest nicht mit hierherkommen sollen.“

„Aber ich wollte. Nach allem, was zwischen uns gewesen ist. Oder bin ich für dich ... so unwichtig, dass du mich ohne Abschied verlassen willst?“

„Nein, Helen, manchmal ... es wäre für mich leichter gewesen, ohne diese Szene. Auch für dich. Es macht uns den Abschied doch nur noch viel schwerer.“

„Aber wenn ich dir wirklich etwas bedeute, warum gehst du fort? Warum bleibst du nicht?“

„Es geht nicht anders. Ich muss.“

„Es ist noch nicht zu spät, Thilo. Bleib hier. Bleib bei mir. Ich bitte dich.“

„Du weißt, dass das unmöglich ist. Und es tut mir leid, dass es so ist. Glaub mir.“ Und nach einer kurzen Pause: „Ich gehöre nicht hierher. Mein Platz ist anderswo. Es ist der, den Gott mir vorherbestimmt hat.“

„Du wirfst alles hin, willst von all dem, was zwischen uns war, nichts mehr wissen. Und das alles nur wegen dieses Briefs? Oh ja, Vater hat mir davon erzählt. Dass dieser Professor Rüegg dir geschrieben hat. Dass er dich aufgefordert hat, nach Deutschland zurückzukehren. Was hat er dir denn zu befehlen? Nur weil du einmal sein Student gewesen bist? Du kannst selbst über dein Leben entscheiden.“

„Aber es ist doch nicht wegen des Briefs, sondern weil Professor Rüegg mir etwas vor Augen geführt hat, was ich auch selbst hätte erkennen müssen.“

„Ach ja? Du willst wie ein neuer Thomas Beckett das Banner der Kirche hochhalten gegen den Tyrannen und womöglich in den Tod gehen. Damit man dich als Märtyrer feiert. Und Vater hat dich wahrscheinlich noch bestärkt in diesem unseligen Entschluss. Merkst du nicht, dass du nur ein Spielzeug bist in den Händen dieser weisen alten Männer. Der Bischofs hier, der Professors da. Sie sagen dir, was du tun sollst und was nicht, und du lässt dir das gefallen."

„Nein, dein Vater hat *nicht* versucht, mich zu beeinflussen. Er hat gewusst, dass ich selber entscheiden muss, und er hat das respektiert."

„Oh Thilo, kannst du nicht erkennen, was für eine schlimme, was für eine törichte Entscheidung du getroffen hast?

„Du verstehst nicht, Helen. Rüegg hat recht. Jeder deutsche Christ und erst recht einer, der ein geistliches Amt innehat, ist in die Nachfolge Christi gerufen, und das heißt heute, dass er sich zum Kampf gegen die Diktatur der Nationalsozialisten bekennen muss. Und dazu muss ich nach Deutschland zurück. Hier in der Gemeinde in London bin ich am falschen Platz."

„Sind die Menschen hier denn weniger wert? Brauchen sie keinen Hirten?"

„Es wird sich ein anderer finden."

„Den du für feige halten und verachten wirst, weil er sich hier in der Auslandsgemeinde verkriecht."

„Nein."

„Und was ist mit mir? Bedeutet es nichts, rein gar nichts, dass ich dich liebe? Ist dein Gott nicht der Gott der Liebe?“

„*Mein* Gott? So wie du es sagst, klingt es, als würdest du an einen anderen Gott glauben.“

„Nein, ich rede von demselben Gott. Aber der Gott, wie ich ihn kenne, bei dem ist das mit der Liebe nicht nur leeres Gerede. Er meint es ernst. Ihm ist meine Liebe zu dir nicht gleichgültig. Du hingegen hast dich verrannt in deine Ablehnung Hitlers und für alles andere bist du blind geworden. Ist es wirklich so wichtig, wer im Hier und Jetzt das Sagen hat? Ob es diese oder jene Regierung ist? Hat Jesus nicht gesagt: ‚Mein Reich ist nicht von dieser Welt‘?“

„Aber das ist doch ganz anders zu verstehen.“

„Ach ja, ich vergaß. Ich bin für dich nur ein Dummerchen. Mit einer wie mir diskutiert der kluge Theologe solche Fragen nicht. So eine ist gerade gut genug, um mit ihr ...“

„Sei still, Helen. Ich bitte dich. Du weißt, dass es nicht so ist.“

„Warum seid ihr so, ihr Männer Gottes? Warum wird alles Schöne und alles Lebenswerte unter eurer Berührung zu Asche? Zu Staub? Wenn euch doch wenigstens alles zu Gold würde, so wie dem König Krösus.“

„Du meinst König Midas.“

„Midas oder Krösus. Ist das nicht egal? Wenn du weißt, welchen ich meine, warum musst du mir meine Dummheit trotzdem unter die Nase reiben?"

„Entschuldige, Helen."

Er sah kurz auf die Uhr. Nicht mehr lange, bis sein Zug fuhr. Einer ungewissen Zukunft entgegen. Und er würde Helen zurücklassen. Vielleicht würde er sie nie wiedersehen. Er trank seinen Tee aus.

„Ich glaube, es ist Zeit für mich", sagte er, nachdem sie lange geschwiegen hatten.

Sie gingen hinaus in die Bahnhofshalle, durch die Dampf- und Rauchschwaden von Lokomotiven waberten. Das künstliche Licht, das nur hier und da das nächtliche Dunkel durchdrang, war kalt und grell.

# Heimkehr

Höchste Zeit für mich. Die gehen sonst über Tische und Bänke. Die Hellmund, die steht immer noch da und schaut aus dem Fenster. Ob die eine Freistunde hat? Jetzt hat es den Graumann also doch erwischt. Dabei ist er bei der Entnazifizierung noch glatt durchgekommen. Aber man ist nie sicher. Nicht vor dem Ende.

Kein Mensch mehr auf dem Flur. Die Zehnte ist am anderen Ende. Die meisten Türen sind schon zu. Ich bin spät dran. Wie unnatürlich meine Schritte hier hallen, so ein langer, leerer Flur. Als wenn ich nicht schon genug um die Ohren hätte, jetzt auch noch die Zehnte. Halt! Da sind zwei von den Kleinen.

*Was treibt ihr hier noch auf dem Flur? Macht, dass ihr in die Klasse kommt!*

Gut. Denen ist der Schrecken in die Glieder gefahren. Diese Disziplinlosigkeit. Das war mal anders. Einfach zu viele Schüler. Vor allem die vielen Flüchtlingskinder. Und zu wenig Lehrer. Davon kommt es. Nur davon. Und jetzt noch einer weniger. Damit hat der Graumann sicher nicht gerechnet, dass das eines Tages doch noch rauskommt. Ich habe Glück gehabt. Ich war wenigstens nur ein einfacher Landser, nicht Offizier wie der Graumann. Und da ist nichts, was man mir heute vorwerfen könnte. Aber wer Pech angreift, der besudelt sich. Haben wir nicht alle irgendwie mitgemacht? So oder so? Bin ich wirklich sicher? Ich war jedenfalls nie in der Partei. Und wir haben einen sauberen Krieg geführt, da unten in der Wüste. Dafür hat der Rommel gesorgt. Das war vielleicht ein Kerl!

*Na, Susie, auf wen wartet ihr denn?*

*Auf Herrn Schmidt.*

*Der kommt sicher gleich.*

Nettes Mädchen, die Susie. Obwohl man wissen muss, wie man die in der Achten zu nehmen hat. Schwieriges Alter. Die Amerikaner haben uns anständig behandelt, in Gefangenschaft. Solche Schweinereien wie an der Ostfront gab es bei uns ja auch nicht. Grässliche Sachen waren das. Aber irgendwann muss auch mal ein Schlussstrich gezogen werden, irgendwann müssen wir auch wieder von vorne anfangen können. Angelika ist jetzt sicher gerade mit der Hausarbeit beschäftigt. Oder ist sie schon beim Einkaufen? Wie es ihm jetzt wohl geht, dem Graumann? War er eigentlich auch verheiratet? Ach ja. Und zwei Kinder. Was würde Angelika tun, wenn mir so was passieren würde? Sie würde zu mir halten. Ganz sicher. Aber trotzdem ...

Da ist die Zehnte. Den Jungen an der Tür ... habe ich den schon mal gesehen? Auf dem Schulhof vielleicht?

Keine Ahnung. Jetzt sagt er der Klasse, dass ein Lehrer kommt, und sie werden alle aufstehen. Gleich werde ich sehen, was das für welche sind.

*Guten Morgen. Setzt Euch.*

Versuche, in den Gesichtern zu lesen. Aber es sind so viele Gesichter, und wie verschieden sie sind. Die hier vorne schauen neugierig. Immerhin. Und da drüben, da tuscheln zwei. Wundern sie sich, dass ich hier bin und nicht der Graumann? Die beiden Mädchen am Fenster – Du meine Güte! – denen ist das wohl alles völlig egal. Auf die Jungs da hinten, auf die muss ich achtgeben. Ich muss denen gleich zeigen, wo es langgeht, sonst verliere ich die Kontrolle über sie. Schlag mit dem Lineal aufs Pult, damit dir alle zuhören. – Ja, jetzt schauen sie mich neugierig an. Die meisten jedenfalls.

*Ihr da hinten! Haltet die Klappe. Sonst bekommt ihr Ärger. Und setzt euch gefälligst anständig hin.*

So, das hat gesessen. Sogar die beiden am Fenster machen große Augen. Soll ich es ihnen jetzt sagen? Dass ich ihr neuer Mathelehrer bin? Werden Sie fragen, warum der Graumann nicht mehr da ist? Wo er hin ist? Soll ich ihnen das jetzt erzählen? Interessiert sie das überhaupt? War er eigentlich hier in der Klasse beliebt? Keine Ahnung. Pass auf! Denk nicht lange nach. Du musst dranbleiben. Sie entwischen dir sonst wieder. Die Unruhestifter in der letzten Reihe, die hat der Graumann sicher an der ganz kurzen Leine gehabt.

*Ich möchte mir heute ein Bild vom Wissensstand der Klasse machen. Wir wiederholen deshalb jetzt als erstes das Thema Dreiecke. Du da hinten, wie heißt du? Erzähl mir doch mal, was du über gleichschenklige Dreiecke weißt.*

# Das kleine Eichhörnchen

Das kleine Eichhörnchen lebte mit seinen Eltern im großen Wald am Rande der Berge, dort wo der Fluss entspringt. Es ging noch zur Schule und es tat das gerne, denn es mochte seine Lehrerin, die Gevatterin Murmeltier, sehr.

Eines Tages kam der Storch aus der großen Stadt am Meer zur Eule, die die Schule leitete. Lange sprachen sie miteinander, dann rief die Eule die Eltern aller Schüler zu sich.

„Der Storch hat mir Neuigkeiten aus der großen Stadt gebracht", sagte die Eule, als alle versammelt waren. „Die weisen Tiere in der Stadt haben über unsere Schule nachgedacht. Sie sagen, sie sei nicht so, wie eine Schule heute zu sein habe. Wir verschwenden viel zu viel Zeit damit, den Kleinen irgendwelche Dinge beizubringen, statt ihnen die Möglichkeit zu geben, sich selbst zu erkennen und herauszufinden, was für sie und ihr zukünftiges Leben wichtig ist und wie sie ihr Leben gestalten möchten. Das, die Suche nach sich selbst, hat in Zukunft das wichtigste Fach, ja, das einzige Fach zu sein, und es soll nicht hier in der Schule gelehrt werden, sondern draußen in der weiten Welt. Wir werden also in Zukunft nur noch einmal am Ende eines jeden Schuljahres überprüfen, welche Fortschritte die Schüler auf der Suche nach sich selbst gemacht haben. Dies wird dann aber eine ganz strenge Prüfung werden, und wer nicht mindestens ein Befriedigend erreicht, wird nicht in die nächste Klasse versetzt werden."

Die Eltern warfen einander irritierte Blicke zu, aber da die Eule sehr klug war, sagten sie nichts.

Als die Eltern des kleinen Eichhörnchens nach Hause kamen und ihm erklärten, dass es nicht mehr zur Schule gehen dürfe, sondern sich selbst suchen solle, war es erst ein wenig traurig, weil es doch immer so gerne zur Schule gegangen war. Dann aber nahm es sich vor, das Beste daraus zu machen, und bald gefiel es ihm, immer bei den Eltern zu sein und zu beobachten, was sie den lieben langen Tag taten. Schon bald begann es, ihnen alles nachzumachen. Wenn es alles lernen würde, was ein Eichhörnchen wissen muss, würde es auch im späteren Leben zurechtkommen, ohne die Schule besucht zu haben.

So gut es konnte, half es den Eltern und sammelte auch allerlei Nüsse und Samen für den kommenden Winter. Aber da wurde der Vater böse und verbot ihm das.

„Du sollst uns nicht alles nachmachen. Wie willst du am Ende des Schuljahres die Prüfung bestehen, wenn du immer nur tust, was wir tun, und dir keine Mühe gibst, dich selbst zu finden?"

Als die Mutter sah, wie traurig das kleine Eichhörnchen wurde, als es das hörte, ging sie zur Katze und fragte sie um Rat, denn die Katze war fast so klug wie die Eule.

„Schickt euer Kind auf Wanderschaft, damit es die Welt kennenlernen und sehen kann, welche Möglichkeiten ihm offenstehen", sagte die Katze.

Also gaben die Eltern dem kleinen Eichhörnchen ein Bündel randvoll mit Nüssen von ihrem Vorrat als Wegzehrung und schickten es fort.

Als erstes traf das kleine Eichhörnchen einen Löwen und fragte ihn, was er denn mache.

„Meistens schlafe ich", antwortete der Löwe. „Und zwischendurch jage ich andere Tiere und fresse sie."

Der Löwe gähnte und das kleine Eichhörnchen sah die dolchartigen Fangzähne, sah in den riesengroßen Schlund und bekam Angst. Schnell lief es weiter und sagte dabei zu sich: „Nein, so ein furchtbares Wesen wie dieser Löwe möchte ich nie werden."

Nach einer Weile hörte es den wunderschönen Gesang einer Nachtigall.

„Guten Tag, werter Herr Nachtigall. Wie schön ihr singt. Was würde ich dafür geben, wenn ich auch so schön singen könnte."

„Das schlag dir aus dem Kopf, du dummes Eichhörnchen", antwortete die Nachtigall. „Nur, wer so wie wir darauf vertraut, dass da ein anderer ist, der für uns sorgt, ist frei genug, sich ganz der Kunst des Gesangs hinzugeben. Ihr Eichhörnchen hingegen verschwendet eure Zeit damit, Vorräte für den Winter anzulegen. Ihr werdet nie den Zauber des Schönen ganz erfassen können."

„Aber ich habe gar nichts gesammelt, denn das haben die Eltern mir verboten. Und sie haben recht getan, denn ich wäre so gerne eine Nachtigall."

„Einmal ein Eichhörnchen, immer ein Eichhörnchen", flötete die Nachtigall. „Und jetzt stör nicht weiter meinen Gesang. Fort mit dir!"

Enttäuscht zog das kleine Eichhörnchen weiter. Da kam ihm eine gute Idee. Als es das nächste Mal an einem wunderschönen, mächtigen Baum vorbeikam, es war eine Buche, sagte es zu dem Baum: „Lieber Herr Buche, ihr Bäume seid doch unsere Freunde, nicht wahr? In eurem Geäst dürfen wir herumtoben und in eurem Schoß ruhen und wenn uns Gefahr droht, bietet ihr uns Schutz. Ich wäre gerne einer von euch, du guter Freund."

Der Baum sah nachdenklich zu dem kleinen Eichhörnchen herab und sagte dann: „Ein weiser Baum hat einmal gesagt, wir fühlen uns hingezogen zu denen, die ganz anders sind als wir selbst. Wenn du einer von uns werden würdest, so fürchte ich, könnte ich nicht mehr dein Freund sein. Geh also weiter und bleibe mein Freund. Sieh einmal da vorne, die Wiese mit all den Blumen. Frage dort, ob du eine von ihnen werden kannst."

Das kleine Eichhörnchen bedankte sich bei dem großen Baum und ging weiter.

Die Blumen auf der Wiese waren alle wunderschön. Das kleine Eichhörnchen zögerte einen Moment, dann sprach es eine Lilie an, die einen verführerischen Duft ausströmte.

„Nein", antwortete ihm die Lilie. „Du kannst keine von uns werden. Du hast ja nicht einmal Wurzeln, wie willst du denn da uns Blumen gleich werden?"

Und die anderen Blumen auf der Wiese lachten das kleine Eichhörnchen aus.

„Aber wenn ich nicht einmal eine Blume werden darf, was soll denn dann aus mir werden?"

Die Rose, die schönste unter den Blumen, wurde jetzt zornig und rief: „Du hast gehört, was die Lilie gesagt hat. Also verschwinde, du Dummkopf, oder ich steche dich!"

Das kleine Eichhörnchen verhüllte sein Gesicht mit seinem wunderschönen buschigen Schwanz, weil die Blumen nicht sehen sollten, dass es weinte, und ging fort. Es versteckte sich in einer kleinen Höhle und war furchtbar unglücklich, denn bald würde der Winter kommen. Wenn es doch wenigstens einen Vorrat an Nüssen angelegt hätte. Das hatte es nicht getan, weil es doch kein Eichhörnchen mehr sein sollte. Außerdem hatte es sich das nicht getraut. Sicher hätten die Eltern mit ihm geschimpft, wenn sie erfahren hätten, dass er dasselbe tat wie sie. Hätte ich doch bloß ein Eichhörnchen bleiben dürfen. Jetzt werde ich wohl verhungern müssen, sagte sich das kleine Eichhörnchen und weinte noch mehr bittere Tränen.

Aber die Gevatterin Murmeltier, das einst seine Lehrerin gewesen war, kam zufällig des Weges, hörte das herzzerreißende Schluchzen und nahm das kleine Eichhörnchen aus seiner kleinen Höhle. Sie hielt es behutsam in ihren Tatzen, die stark waren vom vielen Graben, drückte es liebevoll an sich und sagte: „Warum weinst du denn, kleines Eichhörnchen? Weil du ganz allein bist? Komm mit in unsere Höhle, zum Gevatter Murmeltier und unseren Kindern. Da ist auch Platz für dich. Dort verbringen wir alle zusammen den Winter."

„Aber ich muss verhungern, weil ich nichts zu essen habe, denn ich habe keine Vorräte gesammelt."

„Mach dir keine Sorgen. Wir haben auch nichts gesammelt, denn wir schlafen den ganzen Winter, und wir werden dich in unsere Mitte nehmen und dann hältst du mit uns zusammen Winterschlaf."

„Kann ich das denn? Ich bin doch ein Eichhörnchen."

„Oh ja, natürlich kannst du das. Ich erzähle dir eine wunderschöne Gutenachtgeschichte, eine, wie du sie noch nie gehört hast, und dann wirst du den ganzen Winter schlafen."

Und tatsächlich war die Geschichte, die die Gevatterin erzählte, als sie alle aneinander gekuschelt in der Murmeltierhöhle auf dem weichen Bett aus Laub lagen, so schön, dass das kleine Eichhörnchen aufhörte zu weinen, sich an das weiche Fell der Gevatterin schmiegte und, als die Geschichte zu Ende war, einschlief.

# Die Fremde in ihrem Körper

Schwungvoll schrieb ich das Datum auf die neue Seite des Tagebuchs, aber dann zögerte ich. Gut, also ich hatte Sigrid wiedergetroffen. Wie lange hatte ich sie nicht gesehen? Zehn Jahre? Nein, es mussten schon um die fünfzehn sein. Das war ein Ereignis, dass selbstverständlich im Tagebuch festgehalten werden musste. Schließlich war ich damals in der Schule total in sie verschossen gewesen.

Ich überlegte, was ich schreiben, welche geheimen Gedanken ich meinem Tagebuch anvertrauen sollte.

Zuerst einmal rekapitulierte ich die Fakten.

Ich hatte sie im Strom der Passanten in Kiels Einkaufsmeile erblickt. Für einen Moment setzte mein Herz aus. Natürlich nur sprichwörtlich.

Ich weiß nicht, was ich getan hätte, hätte sie mich nicht auch bemerkt. Vielleicht wäre ich so perplex gewesen, dass ich einfach weitergegangen wäre. Aber es kam zum Blickkontakt, und wir gingen aufeinander zu, wie es sich gehört mit dem freudigen Gesichtsausdruck von Menschen, die sich nach vielen Jahren ganz überraschend wiedersehen. Wir wechselten die in so einer Situation angebrachten Floskeln.

„Lass uns auf einen Kaffee zu *Fiedler* gehen", meinte Sigrid schließlich.

Die Idee drängte sich auf, denn wir standen genau vor dem besagten Café.

In die plüschig-bürgerliche Umgebung mit all den alten, herausgeputzten Damen, die in kleinen Häppchen ihre Sahnestückchen mit abgespreiztem kleinen Finger genießerisch zum Munde führten und dann und wann an ihrem Kaffee nippten, passte Sigrid so gar nicht hinein. Oder war es nur das Bild von ihr in meinem Kopf, das von jener Sigrid, mit der ich zur Schule gegangen war, das da nicht hineinpasste?

Als die Bedienung kam, erkundigte Sigrid sich nach dem Kuchenangebot, aber sie tat es wenigstens mit der freundlichen Herablassung, die ich seinerzeit an ihr so bewundert hatte.

Ich verzichtete auf Kuchen und bestellte mir lieber einen Weinbrand. Ich hatte das Gefühl, den jetzt nötig zu haben. Ein Schnaps hätte es auch getan, aber ich war mir nicht sicher, ob es so was in einem Café gab.

Während unsere Unterhaltung vor sich hin plätscherte, musterte ich Sigrid. Sie hatte sich so gut wie gar nicht verändert. War das Gesicht ein klein wenig schmaler geworden? Vielleicht. Aber sie trug immer noch dieselbe Frisur, relativ kurzes, seitlich gescheiteltes Haar, und für Falten und graue Haare war sie mit Anfang dreißig natürlich noch zu jung. Sie war immer noch das Mädchen, das ich in meinen einsamen Nächten in meine Arme geschlossen und geküsst hatte. Und dabei war es nicht geblieben! Es elektrisierte mich förmlich, sie jetzt vor mir zu sehen und all das wieder aufwallen zu fühlen.

Sie kleidete sich ein wenig anders als früher. Während der Schulzeit versuchten wir ja alle noch, so auszusehen, als kämen wir geradewegs aus Woodstock. Ich erinnere mich, nachdem ich im Kino *Easy Rider* gesehen hatte, habe ich meine Eltern so lange genervt, bis sie das nötige Kleingeld lockergemacht haben für eine Sonnenbrille à la Peter Fonda.

Heute war Sigrids Erscheinung eher unaufdringlich. Sie kaute auch kein Kaugummi. Das war damals eine Marotte von ihr gewesen. Das machte sie sogar im Unterricht, was aber in jenen Jahren bei den Lehrern nicht gut ankam. Der alte Rudnick hat sie deshalb einmal sogar vor die Tür geschickt. Da hat sie dann ein paar Tage lang vor der Mathestunde das Gummi aus dem Mund genommen. Aber wirklich nur ein paar Tage lang.

Als wir genug nichtssagende Gemeinplätze ausgetauscht hatten, trat eine kurze Pause ein. Dann überkam es mich, und aus einer Laune heraus sagte ich:

„Weißt du, dass ich damals total in dich verknallt war?"

Warum ich das gesagt habe? Vor allem, weil es wirklich so gewesen ist. Ich habe sie jahrelang angehimmelt, aber nie den Mut gehabt, mit ihr über meine Gefühle für sie zu reden. Wir blieben einfach gute Freunde, gingen zusammen mal ins Kino oder mit der Clique in die Kneipe oder an den Strand. Hin und wieder trafen wir uns bei ihr oder bei mir, tranken Tee und hörten Musik. Ich erinnere mich, einmal, es war an einem Adventssonntag bei ihr, gab es Lebkuchenherzen zum Tee. Die, so erzählte sie grinsend, wären von Karstadt. Da wäre aber eine so lange Schlange an der Kasse gewesen, dass sie die Lebkuchen einfach so eingesteckt hätte. So war Sigrid damals. Aber gelaufen ist zwischen uns nie was.

Jetzt sah sie mich mit großen Augen an, halb mitleidig, halb ratlos. „Du warst in mich verschossen, Edgar?" Sie lächelte etwas verlegen. „Das ist mir nie aufgefallen."

Ich bin wohl wie ein Primaner rot geworden, als ich mein Geständnis ablegte, aber gleichzeitig arbeitete mein Verstand unerbittlich, und ich misstraute ihren Worten. Hatte sie wirklich nichts mitbekommen? War das möglich?

„Du willst mich auf den Arm nehmen, nicht wahr?", sagte Sigrid und lächelte etwas unsicher. Dann wurde ihr bewusst, dass dies, wenn ich die Wahrheit redete, keine sehr einfühlsame Reaktion war, und ich glaubte förmlich sehen zu können, wie sie in ihrem Kopf nach einer angemessenen Vorgehensweise für eine Situation wie diese kramte.

„Entschuldige, Edgar. Ich wollte nicht den Eindruck erwecken, ich würde deine Gefühle nicht ernst nehmen, aber was du gesagt hast, hat mich total überrascht und, ja, sogar ein wenig betroffen gemacht. Warst du so richtig in mich verliebt oder ..."

„Verliebt bis zum Wahnsinn war ich."

„Und wann war das?"

„Wann?", wiederholte ich mit einem bitteren Lachen. „Die ganze Zeit über. Ich weiß nicht mehr, wie viele Jahre wir in derselben Klasse waren. Gefühlt, würde ich sagen, eine Ewigkeit."

„All die Jahre hast du das für mich empfunden? Das muss schlimm für dich gewesen sein, oder? Ich meine, wenn man für einen anderen Menschen etwas empfindet, so ein richtig ernstes, tiefes Gefühl und ... das tut sicher sehr weh."

War sie etwa früher auch schon so gewesen?, fragte ich mich. Wie Wasser, das einem zwischen den Händen zerrinnt?

„Vor allem frage ich mich jetzt natürlich auch, ob ich mich damals dir gegenüber richtig verhalten habe", fuhr sie jetzt mit festerer Stimme fort. „Aber ich habe ja nichts geahnt. Trotzdem ..."

Ich habe mich hinterher geärgert, sie getroffen zu haben. Sie war nur für ein paar Tage nach Kiel gekommen, sie wohnte jetzt irgendwo in Süddeutschland. Ich hatte also lausiges Pech gehabt, aber zumindest war die Gefahr, ihr noch einmal über den Weg zu laufen, nicht allzu groß.

Es war, sagte ich mir später, als wenn eine andere in ihre Haut geschlüpft wäre, und ich fragte mich, in welche ich damals so verschossen gewesen war, die heute vor mir gesessen hatte oder die, die nicht mehr da war.

Weil ich zu keinem Schluss kam, schrieb ich am Ende einfach: *Traf heute Sigrid in der Stadt. Zum ersten Mal seit der Schule. Wir gingen auf einen Kaffee zu Fiedler. Sie hat sich sehr verändert. Verstehe gar nicht, wieso ich damals in sie verknallt war.* Dann kappte ich das Tagebuch zu.

# Wo nur Meer ist

„Was machst du denn hier? Wer bist du überhaupt?"

„Hallo." Er musterte sie herausfordernd. „Ich bin Matteo." Dann lächelte er und machte eine knappe Kopfbewegung in Richtung der Treppe, die zur Küche hinunter führte. Von dort war das Klappern von Küchengeschirr zu hören. „Ich bin der Neffe von Angelina. Und du? Du bist wohl die Tochter von dem englischen Signore, dem das Haus gehört, oder?"

„Ich heiße Alathea."

„Wie?"

„Alathea."

„Ah, okay. Aletheia. So wie sein Boot unten im Hafen. Ja?"

„Ja, so ähnlich."

„Das ist ein schönes Boot. Bei Serenella in Venedig gebaut. Und verdammt teuer."

„Kann sein. Ich interessiere mich nicht für Boote."

„Nein? Ich schon." Er taxierte Alathea wieder einen Moment lang. „Wofür interessiert man sich denn so, wenn man für schicke Motorboote nichts übrig hat?"

„Für andere Sachen.“

„Ach! Interessierst du dich auch für Jungs?“

„Wenn sie nett sind. Dann vielleicht.“

„Soll ich dir zeigen, wie nett ich sein kann?“

„Ich glaube, du hast mich missverstanden.“

„Schade.“ Matteo lächelte schief. „Na gut. Ich merke, ich bin genauso wenig dein Fall wie die Aletheia.“ Er wandte sich ab, um zu gehen, aber dann machte er doch noch einmal kehrt. „Bleibst du übrigens lange hier?“

„Vielleicht ein paar Wochen. Wenn ich nicht vorher Lust bekomme, woanders hinzufahren.“

„Dann sehen wir uns ja vielleicht noch mal.“

„Warum nicht?“ Alathea zögerte einen Moment. „Willst du zum Hafen runter? Ja? Wenn du den Weg durch den Garten nimmst, können wir ein Stück zusammen gehen.“

„Ja, warum nicht?“

Beide blinzelten, als sie aus dem Halbdunkel San Salvatores ins grelle Sonnenlicht kamen. Sie stiegen die Stufen zum Garten hinunter und folgten dann dem Weg, der sich zwischen den Bäumen in weit ausladenden Serpentinen den Hang zum Hafen hinunterschwang.

Als sie nach einer Weile an einer kleinen Wiese vorbeikamen, sagte Alathea: „Wollen wir uns nicht einen Moment hinsetzen?“

Matteo machte eine zustimmende Handbewegung. „Aber pass auf, dass du dir deine Klamotten im Gras nicht einsaust.“

„Na und?“

Sie setzten sich.

„Wohnst du hier in Portolena?“, fragte sie.

„Nein, ein Stück in Richtung Santa Chiara.“

„Und was machst du so? Erzähl mal.“

Matteo hob die Schultern. „Nichts … so gut wie nichts. Manchmal, wenn jemand auf einem der Fischkutter ausfällt, darf ich einspringen und fahre mit raus. Mein Vater ist Fischer.“

„Hier in Portolena?“

„Nein, drüben in Santa Chiara, da wo die großen Kutter sind.“

„Hat dein Vater ein eigenes Schiff?“

Matteo lachte. Ihre Frage schien ihn zu amüsieren. „Nein, natürlich nicht.“

„Und was willst du später mal machen?“

„Natürlich auch Fischer werden. Vielleicht bekomme ich auf einem Kutter irgendwann mal was Festes. Und du?“

„Ich weiß nicht. Ich bin ja gerade erst mit der Schule fertig. Vielleicht studiere ich.“

„Das wäre nichts für mich.“

„Na ja, meine Eltern erwarten das von mir, aber ich bin mir noch nicht so sicher.“

Alathea ließ sich zurücksinken und lag dann, die Hände hinter dem Kopf gefaltet, auf dem Rücken im Gras. Vielleicht beobachtete sie die wenigen Wolken, die am blauen Himmel entlangzogen, vielleicht hatte sie aber auch etwas ganz anderes vor Augen.

Eine Weile sprach keiner von ihnen, dann sagte Alathea: „Finger weg!" Ihre Stimme klang nicht unfreundlich, aber bestimmt. Sie richtete sich auf. „Ich glaube, ich muss wieder zurück. Seit gestern bin ich nicht mehr allein. Es sind Freunde meiner Eltern da. Oder Verwandte. Ich weiß das gar nicht so genau. Jedenfalls gibt es jetzt feste Zeiten fürs Essen. Wenn du Lust hast, können wir uns hinterher treffen. Oder hast du schon was vor?"

„Eigentlich nicht." Matteo zögerte einen Moment. „Da fällt mir was ein. Sag mal, kommst du an die Schlüssel ran?"

„Welche Schlüssel?"

„Na, die vom Boot."

„Wieso?"

„Wir könnten eine kleine Spritztour machen."

„Mit der Aletheia?"

„Aber ja doch! Das ist ein prima Boot. Wir hätten sicher 'ne Menge Spaß."

„Ich weiß nicht. Nur wir beide? Braucht man hier in Italien nicht so 'ne Art Führerschein für ein Motorboot?"

Matteo zuckte die Schultern.

„Hast du den denn?"

„Man braucht keinen." Er grinste. „Solange man sich nicht erwischen lässt. Also, was ist? Weißt du, wo die Schlüssel sind?"

„Angelina hat sie. Sie hat alle Schlüssel in Verwahrung. Vielleicht gibt sie sie dir.“

„Von wegen. Ich bin der Letzte, dem sie sie geben würde. Aber wenn du sie fragst. Das ist was anderes. Schließlich gehört das Boot deinem Vater.“

„Und wenn sie wissen will, wieso ich die Schlüssel haben will?“

„Erzähl ihr, du willst irgendwas holen, was an Bord ist. Was du da vergessen hast. Oder erzähl irgendwas anderes. Dir fällt doch bestimmt was ein, oder?“

„Und dann?“

„Na, dann fahren wir mit dem Boot ein bisschen durch die Gegend.“

„Ich weiß wirklich nicht.“

„Hast du keine Lust? Oder hast du etwa Angst?“

„Von wegen! Aber meinst du denn, dass du mit dem Boot klar kommst?“

„Sicher.“ Matteo stand auf. „Also abgemacht, ich warte unten am Gartentor auf dich. Um drei. Bis nachher.“ Er zwinkerte ihr listig zu und ging dann den Weg Richtung Hafen hinunter. Sie sah ihm hinterher. Nach der nächsten Biegung, als sich ihre Blicke noch einmal kurz trafen, streckte er lachend einen Daumen in die Höhe. Dann verschwand seine Gestalt im üppigen Grün der Büsche und Bäume.

Alathea blieb recht lange wie in Gedanken versunken im Gras sitzen, dann stand sie auf und ging zum Haus zurück.

„Da bist du ja endlich!", empfing George sie, als sie das Esszimmer betrat. „Carrie, läute doch bitte, damit Angelina endlich auftragen kann."

„Tut mir leid, ich war im Garten und habe gelesen und dabei die Zeit verpennt."

Angelina servierte ihnen gute ligurische Hausmannskost.

Als George sich Wein nachschenkte, studierte er das Etikett.

„Roero Arneis. Dieser Wein ist ja gar nicht von hier. Der ist aus dem Piemont. Aber nicht schlecht. Wirklich nicht."

„Du solltest mittags nicht so viel trinken", meinte Carrie. „Nicht bei dieser Hitze."

„Aber Liebling, wir sind doch im Urlaub, und so lange ich mich nur für Wein und nicht für Weiber interessiere ..." Er lachte ein bisschen zu laut. „Aber diese gefüllte Kalbsbrust ist irgendwie nicht mein Fall."

„Angelina hat mir erzählt, Fabrizio de André hätte sogar ein Lied über dieses Gericht gemacht."

„Ach ja? Aber hat er das Zeug auch gegessen? Wer ist das denn überhaupt, dieser ... wie hieß er doch gleich?"

„Fabrizio de André. Ich glaube, in der Füllung sind auch Innereien mit drin."

„Ja, das wirds sein, Liebling. Das erinnert mich an die Wurst, die ich mal im Tessin gegessen habe. Auch was mit Innereien. Sie nannte sich Mortadella, aber war irgendwie keine richtige Mortadella. Das war damals, als ich mit James im Tessin war. Zum Wandern." George wandte sich an Alathea. „James, du weißt schon, *der* James, James Finsburg-Stallard. Und wir haben dort nicht nur die Tessiner Mortadella kennengelernt, sondern auch ein Schweizer Mädel, eine gewisse Bella. Hübsch war sie wirklich, aber ein ganz schlimmes Luder." George grinste. „Erst hat sie James heißgemacht und dann mich. Nur so, um ihren Spaß zu haben."

„Ach? Dich auch?", fragte Carrie.

„Na ja, so richtig natürlich nicht. Ich habe eigentlich nur so getan, um James zu ärgern. Der war nämlich total hin und weg."

„Du bist ein Ekel."

„Man will sich doch auch mal ein bisschen amüsieren."

„Der arme James."

„Nein, aber jetzt mal ganz ehrlich. Diese Bella war kein Mädchen für ihn, und je länger er sich Hoffnungen gemacht hätte, desto größer wäre am Ende die Enttäuschung gewesen. Urlaubsflirts sind sowieso nichts für Menschen, die ihre Gefühle ernst nehmen. Und James ist so ein Typ."

„Und was bist du für ein Typ?", fragte Alathea. „Einer, der seine Gefühle nicht so ernst nimmt?"

„Vielleicht. Ja, schon möglich."

„Wer seine Gefühle nicht ernst nimmt, der hat keine Gefühle", sagte Carrie.

„Genau!", pflichtete Alathea ihr bei.

„Oho! Die Damen verbünden sich gegen mich.“

„Unsinn!“, sagte Carrie. „Urlaubsflirts sind einfach immer wunderschön. Und der Schmerz, wenn alles vorbei ist, der muss sein. Er beweist doch überhaupt erst, dass etwas sehr Schönes zu Ende gegangen ist.“

„Nein, ich lasse lieber meine Finger von einer Sache, bevor ich mir die an ihr verbrenne.“

„Und versäumst so viel dabei“, fügte Carrie hinzu.

Das Essen zog sich hin, sodass Alathea sich am Ende beeilen musste, um rechtzeitig unten am Gartentor zu sein. Matteo wartete schon auf sie.

„Hast du die Schlüssel?“

„Ja.“

„Klasse. Habt ihr übrigens ein *Canotto*?“

„Ein was?“

„Ein *Canotto*.“

„Was ist das?“

„Na, ein Boot zum Aufblasen. Oder irgendwas in der Art. Um an Bord zu kommen. Die Aletheia ist doch draußen an einer Boje festgemacht. Wir könnten natürlich auch hinschwimmen.“

„Da drüben, da in dem Schuppen. Da war immer ein kleines Dingi.“

Als sie in dem windschiefen Verschlag tatsächlich fündig wurden, meinte Matteo gut gelaunt: „Na also! Dann kanns ja losgehen!“, und lud sich das kleine Kunststoffbötchen auf die Schulter.

Er ließ es an einer Stelle zu Wasser, wo man leicht ins Dingi gelangen konnte. Im Nu hatten sie die kurze Strecke zum Motorboot zurückgelegt und gingen an Bord.

„Oh verflucht", meinte Alathea nach einem Blick auf die vielen Armaturen im Führerstand. „Das sieht aber alles ganz schön kompliziert aus. Das ist mir früher nie so aufgefallen. Und du denkst, dass du damit zurechtkommst?"

„Warum nicht? Hier, das runde Ding, das so aussieht wie das runde Ding im Auto, damit steuert man das Boot vermutlich."

„Idiot!"

„Und hier gibt man Gas. Ja, und da unten, da kommt der Zündschlüssel rein. All der andere Kram ist nicht so wichtig."

„Willst du nicht ausprobieren, wofür all die Schalter und Knöpfe sind?"

„Doch nicht hier im Hafen! Viel zu verdächtig. Da drüben, da ist die Wache von der *Guardia Costiera*." Matteo deutete mit Verschwörermiene auf ein unscheinbares Gebäude auf der anderen Seite des kleinen Hafens. An einem Mast davor hing eine Trikolore schlaff herab.

„Was für eine *Guardia*?"

„*Costiera*. Küstenwache."

„Ah, die *Coastguard*?"

„*Coastguard*? ... Ach so, ja. Ja, genau. Also, wir sehen zu, dass wir von hier wegkommen und alles andere später."

„Wohin wollen wir denn fahren?“

„Einfach nur weg. Am besten dahin, wo nur noch das Meer ist und sonst gar nichts.“

„Aber finden wir denn dann später auch wieder zurück?“

„Na klar, wir haben doch einen Kompass. Auf gehts!“

„Nehmen wir das Dingi mit?“

„Blödsinn. Ich habe es an der Boje vertäut, und wir kommen ja schließlich wieder hierher.“

Als er den Dieselmotor zu starten versuchte, sprang der sofort an und Matteo grinste kurz zu Alathea hinüber. Dann konzentrierte er sich wieder auf das Boot. Er gab ganz vorsichtig Gas. Unauffällig und wie selbstverständlich steuerte er die Aletheia aus der Bucht heraus.

„Klingt geil, der Motor, nicht wahr? Ein Volvo Penta ist das. Klasse Teil“, sagte Matteo.

„Wenn du meinst.“

Die Aletheia umrundete die Spitze der Halbinsel mit dem weißen Leuchtturm darauf und fuhr in die Weite des Golfs von Genua hinaus. Matteo lenkte sie in südwestliche Richtung, fast in Richtung der Sonne, sodass deren Strahlen auf der Wasseroberfläche vor ihnen tausendfach gleißten und glitzerten.

Als sie ein Stück weit vom Land entfernt waren, gab Matteo richtig Gas, das sonore Motorengeräusch wurde zu einem hellen Singsang, während sich gleichzeitig der Bug mehr und mehr aus dem Wasser hob.

„Muss das sein?“, rief Alathea.

Matteo zuckte die Schultern, nahm dann aber wieder etwas Gas weg.

„Gibt es hier draußen einsame Inseln?", fragte Alathea.

„Einsame Inseln? Nein, hier in der Gegend sind keine Inseln. Da müssten wir ziemlich lange Richtung Süden fahren. Hier ist nichts als Wasser."

„Ich dachte nur gerade an den Grafen von Montecristo."

„Montecristo? Die ist verdammt weit weg. Noch ein Stück südlich von Elba. Auf der Insel gibt's auch keinen Grafen. Da sind nur wilde Ziegen."

„Schade", sagte sie eher zu sich selbst. „Wir sind hier also inmitten einer endlosen Wasserwüste." Wenn sie von San Salvatore aus aufs Meer schaute, waren eigentlich immer irgendwo Schiffe zu sehen, unterwegs nach Genua oder von dort aus wer weiß wohin, aber wenn sie sich jetzt umsah, war der Horizont leer. Weit und breit war nichts als Wasser zu sehen. Wasser und Himmel. Zwei sich wunderbar ergänzende Blautöne. „Nur wir sind noch da, mitten in dieser Wüste."

„Stimmt. Und was machen wir?" Matteo nahm Gas weg, bis das Geräusch des Motors erstarb und das Boot immer langsamer wurde. Schließlich schaukelte es nur noch sanft in der leichten Dünung hin und her. „Ich habe eine Idee. Wir gehen ins Wasser."

„Hier? Mitten im Meer?"

„Warum nicht?"

„Ich weiß nicht. Und wenn uns was passiert?"

„Was soll uns denn passieren? Oder kannst du etwa nicht schwimmen?"

„Doch. Natürlich kann ich schwimmen."

„Na also."

„Und hinterher? Wie kommen wir wieder ins Boot?"

„So hoch ist die Bordwand nun auch wieder nicht. Und außerdem, den Tampen, der da liegt, den können wir über Bord hängen." Ohne weiter auf eine Antwort zu warten, befestigte Matteo das eine Ende jener Leine an einer Klampe und warf das andere dann ins Wasser.

„Ich habe aber keinen Badeanzug dabei."

„Den brauchst du hier auch gar nicht. Es guckt ja keiner."

Alathea zögerte immer noch.

Matteo lachte. „Du hast doch nicht etwa Angst vor Haien?"

„Gibt es denn hier welche?"

„Na klar. Obwohl sie normalerweise mehr im Süden sind. Aber auch in der Nähe von Portolena ist schon mal eine Frau angegriffen worden. Von einem weißen Hai. Aber er hat nur ihr Kanu angeknabbert, sie nicht. Also kommst du nun mit oder nicht?"

Während Matteo redete, hatte er begonnen, sich auszuziehen. Alathea beobachtete ihn dabei aus den Augenwinkeln. Als er nackt war, sprang er den Kopf voran ins Wasser und mit wenigen kraftvollen Zügen entfernte er sich vom Boot. Dann wandte er sich um.

„Was ist? Wo bleibst du?“

Langsam, eher zögerlich entkleidete Alathea sich. Als auch sie nackt war, ließ sie sich vorsichtig an der Bordwand hinunter ins Meer gleiten. Mit hastigen Brustzügen schwamm sie zu Matteo hin, der immer noch in einiger Entfernung vom Boot auf sie wartete.

„Komisches Gefühl“, stieß sie hervor. „So ohne was zu baden. Das Wasser kommt einem dabei viel kälter vor.“

„Wenn man immer nur an der Küste im flachen Wasser planscht ... da ist es natürlich viel wärmer.“

„Und jetzt sind wir mitten im Meer. Aber was ist, wenn ...?“

„Wenn was?“

„Ich weiß nicht. Es ist einfach nur irgendwie heftig. Das alles.“

Matteo lachte wieder.

„Weißt du, wie tief es hier ist?“, fragte Alathea.

„Keine Ahnung. Ein paar Hundert Meter bestimmt. Vielleicht sogar an die tausend. Auf jeden Fall allemal so tief, wie die Haie es gerne mögen.“

„Ach, hör doch auf mit dem Scheiß!“

„Gut, dann höre ich auf damit.“

Matteo schwamm näher zu Alathea heran und legte seinen Arm um ihre Taille. Er machte Anstalten, sie zu küssen, und sie ließ es geschehen. Sie verharrten ganz in diesem Kuss und für einen Moment versanken sie im Meer. Dann kamen sie prustend wieder hoch.

„War das besser?“, fragte er.

„Es geht ... Nein, es war tatsächlich besser. Aber irgendwie macht es mich nervös, dass unter mir nichts als Wasser ist. Kann es hier wirklich so tief sein? Tausend Meter?“

„Tausend, vielleicht auch nur achthundert oder so.“

„Wahnsinn.“

„Schon bei zwei Metern würdest du doch ertrinken, wenn du nicht schwimmen könntest. Was ist so schlimm, wenn es ein paar Hundert sind?“

„Das sagst du so einfach. Ich kriege ehrlich ein bisschen Panik. Wollen wir nicht lieber wieder zurück an Bord?“

„Wenn du möchtest.“

Matteo schwamm neben ihr her, bis sie das Boot erreicht hatten. Dann sagte er: „Warte, ich helfe dir.“ Er schwang sich an Deck, ohne den Tampen zu benutzen. Dann beugte er sich hinunter, reichte Alathea seine Hände und zog sie mühelos zu sich ins Boot. Grinsend begutachtete er ungeniert die nackte junge Frau.

„Kannst du nicht ein bisschen woanders hingucken?“

„Ne, dann seh’ ich dich ja nicht mehr.“

„Haben wir hier nichts, womit man sich abtrocknen kann?“

„Woher soll ich das wissen? Außerdem wirst du dich bei diesem Wetter bestimmt nicht erkälten.“

„Ich friere trotzdem. Es ist der verdammte Wind.“ Sie hatte tatsächlich angefangen zu zittern.

In einem Schapp in der Kabine fanden sie schließlich ein Handtuch.

„Gib her", sagte Matteo. „Ich frottiere dich." Energisch rubbelte er ihren Körper mit dem Handtuch ab, während sie gleichzeitig lachte und mit den Zähnen klapperte.

Als er aufhörte, sagte sie: „Ich glaube, ich bin echt in dich verknallt", worauf Matteo nichts erwiderte, sondern sie nur fast ein wenig fragend ansah.

Die Sonne war nicht mehr weit vom Horizont entfernt, als sie wieder Richtung Portolena fuhren.

„Verflucht", sagte Matteo.

„Was ist denn?"

„Hier. Das ist, glaube ich, die Tankanzeige." Er klopfte ein paar Mal mit dem Finger auf die Glasscheibe des betreffenden Instruments, aber der Zeiger verharrte nahe des roten Bereichs. „Viel Sprit haben wir nicht mehr, fürchte ich. Hoffentlich ..."

„Ist das jetzt schon wieder einer von deinen dummen Witzen?"

„Reg dich nicht auf", antwortete er ohne zu lächeln. „Noch ist der Tank ja nicht leer. Gut möglich, dass es reicht."

„Ich hab es doch gleich geahnt", brauste Alathea auf. „Ich hab gewusst, dass das nicht gut geht. Wieso habe ich mich nur mit einem wie dir eingelassen!"

„Was meinst du mit *einem wie dir*?"

„Egal. Erzähl mir lieber, was wir jetzt machen."

„Weiterfahren. Noch ist der Tank ja nicht leer. Außerdem haben wir das Funkgerät und irgendwo finden wir auf diesem blöden Kahn vielleicht auch eine Signalpistole."

„Und was suchst du da jetzt?"

„Den Schalter für die Positionslichter."

Tatsächlich war inzwischen die Sonne dabei im Meer zu versinken und mit der für Bewohner nördlicherer Gefilde ungewohnten Schnelligkeit wich der Tag der Nacht. Dann war Matteo fündig geworden, und rechts und links außen an der Kabine flammten dort ein grünes, hier ein rotes Licht auf und dazu ganz vorn am Bug ein weißes.

Es war noch nicht ganz dunkel, da sagte Matteo: „Siehst du da vorne? Das ist das Leuchtfeuer von Portolena."

„Gott sei Dank. Wann können wir da sein?"

„Keine halbe Stunde mehr."

„Es sei denn ..."

„Ja, genau ... Aber schau doch da an Steuerbord, der Mond." Er deutete in die entsprechende Richtung, als fürchtete er, sie könnte mit dem Wort Steuerbord nichts anfangen.

Alathea sah lange in Richtung des Mondes, der noch recht tief stand und sich auf der Wasseroberfläche spiegelte. „Weißt du, das ist eigentlich gar nicht so übel, so bei Nacht mit dem Boot hier draußen zu sein. Da könnte man glatt romantisch werden. Wenn du doch bloß vorher ..."

„Nun hör doch endlich auf damit!"

„Ich würde das hier so gerne genießen, aber ich kann nicht. Nicht, solange ich Angst haben muss, dass uns der Sprit ausgeht und wir hier hilflos mitten auf hoher See liegen bleiben." Eine Weile schwiegen beide, dann fragte Alathea: „Kannst du nicht ein bisschen schneller fahren? Damit wir endlich rauskriegen, ob der Sprit reicht oder nicht."

„Könnte ich machen, aber dann schluckt der Motor viel mehr als jetzt. Das könnte bedeuten ..."

„Schon gut, ich hab verstanden."

Es wurde immer dunkler und das Leuchtfeuer von Portolena schien immer heller zu erstrahlen. Bald waren auch weitere Lichter auf der Halbinsel auszumachen, die von der Kirche San Vincenzo und eine Zeit lang sogar die von San Salvatore. Dann verschwanden sie aus ihrem Blickfeld, weil sie am Felsvorsprung mit dem Leuchtturm vorbei einen weiten Bogen beschreibend in die kleine Bucht von Portolena hineinfuhren. Auf der einen Seite des Hafens war die Promenade mit den Tischen der hell erleuchteten Restaurants direkt am Wasser und den hoch aufragenden, bunten Häusern, auf der anderen das Dunkel der Bäume, zwischen denen hier und da Laternen Licht für unsichtbare Wege spendeten. Über allem schien auf dieser Seite das angestrahlte San Salvatore zu thronen. So wirkte es jedenfalls vom Hafen aus, obwohl das Gebäude sich gar nicht auf dem höchsten Punkt der Halbinsel befand. Und über San Salvatore stand jetzt der Mond, noch immer recht tief, aber fast voll, und tauchte den Hafen in sein mildes, weißes Licht.

Matteo steuerte die Aletheia sicher durch das Gewirr der großen und kleinen Segeljachten, die schon vor ihnen in den Hafen zurückgekommen waren. Sie erreichten die Boje, wo das kleine Dingi vor sich hin dümpelte.

„Lass uns noch ein bisschen hierbleiben. Zum Abendessen bin ich so oder so schon viel zu spät dran", sagte Alathea.

Matteo machte das Boot an der Boje fest, dann löschte er alle Lichter, und sie gingen durch die Kabine hindurch zur Sitzbank am Heck. Sie setzten sich nebeneinander und wie selbstverständlich lehnte Alathea sich an Matteo und ebenso selbstverständlich legte der seinen Arm um sie.

„Wir haben es geschafft", sagte Alathea und lachte leise.

Eine Zeit lang saßen sie schweigend da, als würden sie auf die Stimmen lauschen, die von der Promenade zu ihnen herüberschallten.

„Und?", fragte Matteo schließlich. „Darf ich dich jetzt endlich noch mal küssen?"

„Nein. Diesmal werde *ich dich* küssen." Sie richtete sich auf und nahm seinen Kopf in ihre beiden Hände, musterte sein vom Mondlicht spärlich beleuchtetes Gesicht eine Weile, so als würde sie darin nach etwas suchen oder als wollte sie diesen einen, diesen ganz besonderen Augenblick in die Länge ziehen, um ihn bis zur Neige auszukosten. Dann langsam, ganz langsam näherte sich ihr Mund seinem Mund.

Als Alathea San Salvatore erreichte, fand sie Carrie und George auf der Terrasse.

„Endlich!", rief Carrie. „Wir hatten uns schon Sorgen um dich gemacht. Wo um alles in der Welt bist du gewesen? Hast du wenigstens irgendwo zu Abend gegessen?"

„Ich schau gleich mal, was ich in der Küche auftreiben kann", erwiderte Alathea und setzte sich zu den beiden. „Eine schöne Nacht heute, nicht wahr?"

„Ja, wunderschön."

„Und?", fragte George. „Hast du gefunden, was du gesucht hast?"

Alathea sah ihn irritiert an.

„Wir waren nachmittags auch unten am Hafen und hatten gehofft, dich zu treffen. Weil du doch die Schlüssel hattest. Wir hatten eigentlich gedacht, mit dem Boot nach Santa Chiara rüber zu fahren."

„Tut mir leid, dass wir uns verpasst haben. Ich war noch ein bisschen unterwegs."

„Klar. Und hast du es rausbekommen?"

„Was soll ich rausbekommen haben?"

„Welcher Typ *du* bist."

# Die Zumutung

Nachdem sie geduscht hatte, betrachtete sie ihren makellosen Körper im Spiegel. Er war nicht so, wie der eines Mannequins, entsprach nicht dem aktuellen Schönheitsideal. Sie war überzeugt, zu klein zu sein. Dadurch würde sie ein wenig stämmig wirken. Irgendwie fast quadratisch, dachte sie mit einem Hauch von Heiterkeit. Aber ihre Brüste, die waren eindeutig ein Plus. Sie waren nicht besonders groß, aber für ihr Alter – sie war immerhin schon zwanzig – waren sie fest wie die eines jungen Mädchens. Sie war war überzeugt, dass das in ihrem Alter keine Selbstverständlichkeit war.

Ihre Rechte berührte sanft eine der Brüste.

Sie dachte an das Buch, das sie gestern zufällig im Laden gesehen und in dem sie ein wenig geblättert und das sie dann gekauft hatte. Sie hatte es gleich am Abend gelesen. Der Name des Autors hatte ihre Aufmerksamkeit erregt. Er hieß Walter R. wie einer ihrer Kommilitonen. Den kannte sie flüchtig, weil sie mal im selben Seminar gesessen hatten. Flüchtig genug, um ihm auch zuzutrauen, Romane zu schreiben.

Es war eine Art Kriminalroman, in dem ständig irgendwelche Verbrechen passierten, meistens Morde, völlig sinnlos und unerklärlich, die ein Detektiv aufzuklären versuchte. Außerdem kam in der Geschichte eine Frau vor, eine junge Frau so um die zwanzig. Für die schien sich der Detektiv zu interessieren.

Als diese Figur erstmals auftauchte, hatte sie gelächelt, denn die junge Frau hatte eine gewisse Ähnlichkeit mit ihr selbst. Aber je mehr sie über sie erfuhr, desto mehr war sie irritiert, weil die Übereinstimmungen immer zahlreicher wurden, und je mehr sie sich selbst wiederzuerkennen meinte, desto mehr fesselte das Buch sie. Sie konnte es nicht aus der Hand legen.

Auch als sie lange nach Mitternacht endlich im Bett lag, las sie weiter. Bald war es schon so spät, dass die Dämmerung einsetzte und Vogelstimmen zu hören waren. Sie war schon längst übermüdet und nicht mehr ganz Herr ihrer Sinne.

Die beiden Figuren, die junge Frau und der Detektiv, kamen sich näher. War es Liebe oder nur ein Abenteuer für eine Nacht? Sie lagen beieinander im Bett. Der Autor beschrieb, wie der Detektiv den Körper der Frau betrachtete.

Ihr stockte der Atem.

Die Finger des Detektivs hatten ein Muttermal auf der linken Brust der Frau berührt.

Sie legte die Stirn in Falten. Gleichzeitig kam sie sich lächerlich vor. Überprüfte sie nicht jetzt gerade, ob es nicht möglicherweise tatsächlich an jener Stelle ein Muttermal gab? Dabei wusste sie selbstverständlich ganz genau, dass da keines war. Sie betrachtete ihr Abbild im Spiegel. Auch wenn der jetzt nach dem Duschen ein wenig beschlagen war, und sie sich sah wie im Nebel, war sie sicher, dass da nichts war. Nein, nichts. Sie schüttelte unwillig den Kopf. Natürlich war dort kein Muttermal. Der Detektiv hatte sie ja in Wirklichkeit auch nie nackt gesehen. Und dieser Walter auch nicht.

Sie überlegte einen Moment. Dann nahm sie ihren Kajalstift und malte an die Stelle, wo sich das Mal befinden sollte, einen schwarzen Fleck.

Sie betrachtete das Ergebnis einen Moment kritisch. Dann lächelte sie.

# Anhang[1]

## Der Schakal und die Oase Zerzura

Der Schakal lebte in der Wüste nicht weit vom Brunnen Bir al-Sheikh. In den Hügeln oberhalb des Brunnens hatte er eine gemütliche Höhle, deren Ausgang nach Westen ging.

Abends, wenn die Sonne sich dem Horizont näherte, saß der Schakal oft vor seiner Höhle und bewunderte das Farbenspiel der untergehenden Sonne, denn nirgendwo ist der Sonnenuntergang so herrlich anzuschauen wie in der Wüste. Wenn es dann schließlich dunkel geworden war und die Sterne am Himmel standen und der Mond die Wüste in sein milchiges Licht tauchte,

---

[1]  Zusätzlich zu den zehn neuen Texten folgt hier eine bereits in den 80er Jahren geschriebene Geschichte.

fühlte der Schakal, wie die Schönheit und die Einsamkeit der Landschaft sein Herz anrührten, und er begann zu singen. Es waren Lieder, die seine Mutter ihn vor langen Jahren, als er noch ein Kind war, gelehrt hatte.

Wurde ihm dann schließlich die Kehle trocken vom vielen Singen, schlenderte er ins Tal zum Bir al-Sheikh, um sich mit einem Trunk Wasser zu erfrischen.

Der Bir al-Sheikh war ein guter Brunnen. Sein Wasser war rein und süß. Im Frühjahr während der Regenzeit wollte er schier überlaufen, dann, in der Sommerzeit, ging der Wasserstand zurück, aber nie hatte der Schakal den Weg zum Bir al-Sheikh vergeblich gemacht. Immer hatte er einen erquickenden Trunk vorgefunden.

Aber es kam ein Frühjahr, in dem die Regenfälle ausblieben, und im langen, heißen Sommer, der diesem Frühling folgte, sank der Wasserspiegel des Brunnens immer tiefer. Eines Abends gelangte der Schakal zum Bir al-Sheikh und fand ihn erschöpft. Eine Karawane war während des Tages vorbeigezogen und hatte alles Wasser, das noch vorhanden gewesen war, verbraucht.

„Hier ist kein Leben mehr, mein Freund", sagte eine Stimme in der Dunkelheit. Erschrocken bemerkte der Schakal, dass er nicht allein war. Ein Kamel, furchtbar abgemagert und dem Tode nahe, lagerte in einiger Entfernung vom Brunnen. Mit großen, müden Augen sah es den Schakal an und sagte: „Dieser Brunnen ist erschöpft, und er wird lange, lange Zeit kein Wasser mehr geben. Wenn du hierbleibst, wirst du elendig verdursten. Wende dich nach Osten, Schakal. Geh zur Oase Zerzura; dort gibt es immer Wasser."

Betrübt und durstig kehrte der Schakal zu seiner Höhle zurück. Ein Leben lang hatte der Bir al-Sheikh ihm Wasser gespendet, jetzt sollte es damit vorbei sein? Nein, er wollte seine Heimat nicht verlassen. Morgen würde der Bir al-Sheikh wieder Wasser führen. Heute hatte die Karawane alles Wasser verbraucht, aber morgen würde er wieder gefüllt sein.

Beklommen stieg der Schakal am nächsten Abend ins Tal hinab. Schon von Weitem sah er das Kamel neben dem Brunnen liegen. Es war tot. Der Schakal sah in den Bir al-Sheikh hinein, und er sah nichts als Sand, ausgedörrten, trockenen Sand. Kein Wasser hatte sich im Laufe des Tages angesammelt, und der Schakal kehrte traurig zu seiner Höhle zurück.

Am nächsten Abend ging er wieder zum Bir al-Sheikh. Unterwegs blickte er zur unendlichen Pracht des Sternenhimmels empor und sagte zu sich: „Wenn ich auch heute kein Wasser finde, werde ich mich aufmachen müssen zur Oase Zerzura."

Er fand kein Wasser im Bir al-Sheikh. Also wandte er sich gen Osten, dorthin, wo die sagenumwobene Oase sich befinden sollte.

Zwei Tagesreisen ist Zerzura vom Bir al-Sheikh entfernt. Die Oase ist reich mit Wasser gesegnet, und Menschen wohnen dort, die sich Ziegen und Kamele halten.

Nahe den Quellen gedeihen Dattelpalmen und tragen üppige Frucht.

Der Schakal war vom Durst inzwischen so geschwächt, dass er Zerzura erst nach vier Tagen erreichte. Nur des Nachts war er gewandert, während des Tages hatte er versucht, in irgendwelchen Winkeln Zuflucht vor den gleißenden Sonnenstrahlen zu finden. Als er die Oase erreichte, war er am Ende seiner Kräfte.

„Was willst du hier, Fremdling?", fragte unwirsch der Skorpion, der den Eingang der Oase bewachte, als er den Schakal erblickte.

„Wasser. Ich habe Durst, furchtbaren Durst. Der Bir al-Sheikh, der mich all die Jahre mit seinem Wasser erquickt hat, ist ausgetrocknet. Ich bin seit vier Tagen nach hier unterwegs und dem Tode nahe."

„Ja, ja, es ist eine große Dürre, von der wir heimgesucht werden. Von überall strömt das Gesindel herbei, um sich an Zerzuras Wasser zu laben. Dabei haben wir für uns selbst und unser Vieh kaum genug." Ein harter Glanz trat in die kleinen Äuglein des Skorpions. „Nein, Fremdling, wir haben kein Wasser für dich. Geh! Mach, dass du fortkommst! Für dich gibt es in Zerzura kein Wasser!"

„Wenn ihr mich abweist, bin ich des Todes", entgegnete der Schakal mit matter Stimme.

"Gleichwohl, wir haben kein Wasser für dich und deinesgleichen. Fort mit dir!"

Mühsam schleppte der Schakal sich wieder in die Wüste hinaus. Das war das Ende. Die Gluthitze des kommenden Tages würde er nicht überleben. Es war um ihn geschehen. Er sah zum sternenklaren Himmel hinauf. Er war so schön wie in seiner Heimat am Bir al-Sheikh.

Der Schakal stimmte eines seiner Lieder an. Gar furchtbar klang seine Stimme nach den unsäglichen Entbehrungen und Strapazen, die hinter ihm lagen.

„Was ist das für ein schrecklicher Gesang, den du da von dir gibst?" Der Schakal sah um sich und entdeckte den Storch, der ihn vorwurfsvoll anblickte.

„Wärest du dem Tode nahe, würdest auch du solch schrecklichen Gesang anstimmen."

„Dem Tode nahe?"

„Ja, dem Tode durch Verdursten!"

„Aber du stehst vor den Toren Zerzuras, der fruchtbarsten aller Oasen!"

„Aber ich darf nicht hinein."

„Wer sagt das?"

„Der Skorpion."

Der Storch lächelte versonnen.

„Ja, Schakal, da hast du den schlechteren Teil für dich. Du musst um Erlaubnis fragen, wenn du Zerzura betreten willst. Ich jedoch, ich fliege über die Posten, die die Oase bewachen, hinweg. Ich habe jederzeit meinen erfrischenden Trunk."

„Du Glücklicher", hauchte der Schakal. Seine Kräfte gingen zu Ende.

Der Storch, der weiseste unter den Bewohnern der Erde, sah den Schakal nachdenklich an.

„Komm, mein Freund, steig auf meinen Rücken. Ich werde dich nach Zerzura tragen."

Mit letzter Kraft kletterte der Schakal auf den Rücken des Storches und klammerte sich fest.

„Auf nach Zerzura!", rief der Storch.

„Auf nach Zerzura", wiederholte der Schakal mit brechender Stimme.

Der Storch erhob sich in die Lüfte. Ein letztes Mal richtete der Schakal den Blick empor und sah den Sternenhimmel. Immer höher und höher stieg der Storch und trug den Schakal jenen Sternen entgegen. Immer höher und höher bis in den Himmel hinein.